中国古代神话

吴 雨 著

中国商业出版社

图书在版编目（CIP）数据

中国古代神话 / 吴雨著 . -- 北京：中国商业出版社，2022.10

ISBN 978-7-5208-2237-4

Ⅰ.①中… Ⅱ.①吴… Ⅲ.①神话—作品集—中国—古代 Ⅳ.① I276.5

中国版本图书馆 CIP 数据核字（2022）第 171653 号

责任编辑：朱丽丽

中国商业出版社出版发行

（www.zgsycb.com　100053　北京广安门内报国寺1号）

总编室：010-63180647　编辑室：010-63033100

发行部：010-83120835/8286

新华书店经销

三河市吉祥印务有限公司印刷

*

710毫米 ×1000毫米　16开　13印张　173千字

2022年10月第1版　2022年10月第1次印刷

定价：47.00元

****

（如有印装质量问题可更换）

序言

国粹者，民族文化之精髓也。

在漫长的发展历程中，中华民族依靠勤劳和智慧，创造了灿烂的文化，从文学到艺术，从技艺到科学，创造出数不尽的文明成果。国粹具有鲜明的民族特色，显示出中华民族独特的艺术渊源以及技艺发展轨迹，是民族智慧的结晶。

梁启超在1902年写给黄遵宪的信中就直接使用了"国粹"这一概念，其观点在于"养成国民，当以保存国粹为主义，当取旧学磨洗而光大之"。当时国粹派的代表人物黄节于1902年在《国粹保存主义》一文中写道："夫国粹者，国家特别之精神也。"章太炎1906年在《东京留学生欢迎会演说辞》里也提出了"用国粹激动种性"的问题。

1905年《国粹学报》在上海的创刊第一次将"国粹"的概念带入了大众的视野。当时国粹派的主要代表人物有章太炎、刘师培、邓实、黄节、陈去病、黄侃、马叙伦等。为应对西方文化输入的影响，他们高扬起"国学"旗帜："不自主其国，而奴隶于人之国，谓之国奴；不自主其学，而奴隶于人之学，谓之学奴。奴于外族之专制谓之国奴，奴于东西之学，亦何得而非奴也。同人痛国之不立而学之日亡，于是瞻天与火，类族辨物，创为《国粹学报》，以告海内。"（章太炎：《国粹学报发刊词》）

中华民族经历着伟大的历史复兴，中国崛起于世界之林，随着经济的发展，国家日渐强大，文化的影响力日益凸显。

20世纪，特别是80年代以来，国学已是社会和学界关注的热门。21世纪，我国经济、文化有了更大的发展，从文化自信到文化强国，我们有全面梳理中国传统文化精华，并加以宣扬和传播的使命与义务，以便广大读者特别是青少年，对其重新认知和用心守护。

因此，国粹系列丛书的出版恰逢其时。这套书有四大特色。

第一，这套书是在当下信息时代的大背景下，立足中国传统文化经典，重视学术资料性，以图文并茂的形式，全面系统地阐释中华国粹。同时，每一种书都有深入探索，在"历史—文化"的综合视野下，对各时代人们的生活情趣和心理境界作了具体探讨。它既是记录中华国粹经典、普及中华文明的读物，又是兼具严肃性和权威性的中华文化典藏之作，可以说是学术性与普及性的结合。这当能使我们现代年青一代，认识中华文化之博大精深，感受中华国粹之独特魅力，进而弘扬中华文化，激发爱国主义热情。

第二，这套书既注重对文化作历史性的线索梳理，探索不同时代特色和社会风貌，又沟通古今，着重联系现实，吸收当代社会科学与自然科学的新鲜知识，形成更为独到的研究视野与观念。其中不少书的历史记述从先秦两汉开始，直至20世纪，这确为古为今用提供了值得思索的文本，通过对各项国粹的历史发展脉络的梳理总结，提出了很多建设性的意见和发展策略。

第三，这套书既注重历史发展梳理，又注重对地域文化进行探索、研究。例如，《中国古代木雕》一书，既统述了木雕艺术的发展历程（自商周至明清），又分列了江浙地区、闽台地区、广东地区，以及西部少数民族地区的木雕艺术特色。再如，《中国古代饮食文化》一书，既介绍了我国饮食文化的发展历程，又论述了中国八大菜系的具体知识，即鲁菜、川菜、粤菜、闽菜、苏菜、浙菜、湘菜、徽菜。这套书在记述中注意与社会风尚、民间习俗相结合，确能引起人们的思乡之情。中华民族文化是一个整体，但它是由许多各具特色的地域文化组合、融汇而成的。不同地域的文化具有不同的色彩，这就使中华文化多姿多彩，展示地域文化的特点，无疑将把我们的文化史研究引向深入。另外，这套书还探讨了多种国粹对其他国家的影响。中华文明在国外的传播，已经形成一种异彩纷呈、底蕴丰富的文化形象，对中外文化交流起到了促进作用。

第四，这套书，每一种都是图文并茂、文字流畅，饶有情趣，极具吸引力。特别是在介绍山水、田园,以及各种戏曲、说唱等艺术品类时,更是"使笔如画",使读者徜徉在美不胜收的艺术境地,得到知识的增进和审美情趣的愉悦。

时代呼唤文化,文化凝聚力量,文化越来越成为民族凝聚力和创造力的重要源泉。要大力弘扬中华优秀传统文化,大力发扬社会主义先进文化,把我国建设成为文化强国,实现中华民族的伟大复兴。我们希望这套国粹经典,不仅能促进青少年阅读,还能服务于当前文化的奋进新征程,铸就辉煌前景。

王　俊

于普纳威美亚公寓

壬寅年春

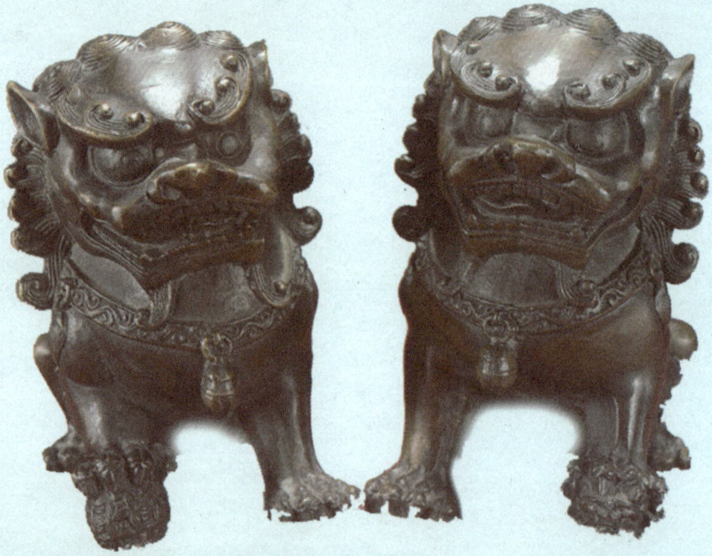

目录

第一章 漫话神话

第一节 中国神话概述 …………………………………………… 2
　一、神话的定义及来源 …………………………………………… 2
　二、神话的本质 …………………………………………… 5
　三、神话的艺术特色 …………………………………………… 6
　四、神话的当代孑遗 …………………………………………… 7
第二节 中国神话的分类及发展 …………………………………………… 10
　一、中国神话的分类 …………………………………………… 10
　二、神话的著作典籍 …………………………………………… 16
　三、神话对文学的影响 …………………………………………… 19

第二章 创世神话

　一、盘古开天辟地 …………………………………………… 22
　二、女娲抟土造人 …………………………………………… 24
　三、女娲炼石补天 …………………………………………… 25

四、始祖伏羲 …… 27

五、燧人取火 …… 28

六、神农尝百草 …… 30

七、黄帝轩辕 …… 32

八、黄帝战蚩尤 …… 35

九、天神少昊 …… 35

十、天帝颛顼 …… 39

十一、帝喾高辛 …… 42

十二、尧、舜二帝 …… 44

十三、姜嫄生稷 …… 46

十四、玄鸟生契 …… 48

第三章　英雄神话

一、鲧、禹治水 …… 50

二、共工怒触不周山 …… 52

三、夸父逐日 …… 55

四、刑天舞干戚 …… 56

五、战神蚩尤 …… 57

六、羿射九日 …… 58

七、精卫填海 …… 60

八、愚公移山 …… 61

九、干将莫邪 …… 63

第四章　世俗神话

一、董永遇仙 ………………………………………… 67

二、沉香救母 ………………………………………… 68

三、孟姜女哭长城 …………………………………… 71

四、紫玉与韩重 ……………………………………… 74

五、梁祝化蝶 ………………………………………… 75

六、白蛇传说 ………………………………………… 77

七、嫦娥奔月 ………………………………………… 79

八、吴刚伐桂 ………………………………………… 81

九、牛郎织女 ………………………………………… 82

十、娥皇女英 ………………………………………… 86

十一、黄帝失玄珠 …………………………………… 87

第五章　神魔志怪

一、南柯太守 ………………………………………… 91

二、望帝化鹃 ………………………………………… 92

三、太公钓鱼 ………………………………………… 93

四、蚕马献丝 ………………………………………… 95

五、孔甲养龙 ………………………………………… 96

六、周邯处士 ………………………………………… 98

七、司命真君 ………………………………………… 101

八、任顼救龙 …………………………………… 104

第六章　琼台女仙

一、王母娘娘 …………………………………… 108
二、海神妈祖 …………………………………… 110
三、骊山老母 …………………………………… 113
四、麻姑献寿 …………………………………… 115
五、云华夫人 …………………………………… 118
六、太阴夫人 …………………………………… 119
七、成公知琼 …………………………………… 121
八、玉华仙子 …………………………………… 123

第七章　志怪传奇

一、始皇求仙 …………………………………… 128
二、武帝方朔 …………………………………… 131
三、刘安成仙 …………………………………… 137
四、宪宗奇遇 …………………………………… 141
五、贯词遇龙 …………………………………… 143
六、李徵变虎 …………………………………… 147

第八章　民间诸神

一、雷公、电母 ……………………………… 152
二、风伯、雨师 ……………………………… 153
三、仓颉造字 ………………………………… 155
四、乐神伶伦 ………………………………… 156
五、门神双将 ………………………………… 158
六、天师钟馗 ………………………………… 160
七、财神赵公明 ……………………………… 161
八、十二生肖 ………………………………… 164
九、月下老人 ………………………………… 166
十、紫姑神女 ………………………………… 168
十一、龙之九子 ……………………………… 169
十二、蛮龙归正之传说 ……………………… 171
十三、"年"的传说 ………………………… 172
十四、寿星彭祖 ……………………………… 174
十五、八仙过海 ……………………………… 177

第九章　中国神话面面观

第一节　四　象 ……………………………… 182

一、东方青龙 ………………………………… 183
二、西方白虎 ………………………………… 183

三、南方朱雀 …………………………………… 184

　　四、北方玄武 …………………………………… 185

第二节　龙 …………………………………………… 186

第三节　凤　凰 ……………………………………… 189

第四节　四时之神 …………………………………… 192

　　一、句芒 ………………………………………… 192

　　二、祝融 ………………………………………… 193

　　三、蓐收 ………………………………………… 194

　　四、玄冥（禺强） ……………………………… 195

参考文献 ……………………………………………… 196

第一章

漫话神话

第一节 中国神话概述

一、神话的定义及来源

1. 神话的定义

神话产生于人类的童年时期,是人类一切文化的源头。"神话"一词来自古希腊语 mythos,意思是"传说"或"故事"。到公元前6世纪至公元5世纪,它已是有一定意义的词,即"对于具有神性的存在的某种传说"。"神话"一词是从西欧被翻译到日本,然后又从日本移植到中国来的。在我国,"神话"一词最早见于清光绪二十九年(1903年)蒋观云发表在《新民丛报》上的《神话历史养成之人物》一文。

什么是神话?这是一个不容易解答的问题。茅盾认为:"神话是一种流行于上古时代的民间故事,所叙述的是超乎人类能力以上的神的行事,虽然荒唐无稽,可是古代人民互相传述,信以为真。"陶阳、牟钟秀在《中国创世神话》中把神话界定为:"神话主要是在原始社会中,人类用幻想的形式,并按照自己的心理与愿望,对自然和社会的潜在力量所进行的描摹、解释与传述的故事。"高尔基则认为:"神话乃是自然现象,对自然的斗争,以及社会生活在广大的艺术概括中的反映。"虽

然各家对神话的定义不尽相同，但基本内容大致相通，即神话是在原始社会中，人类用想象的形式，讲述有非凡能力的神的故事，借以描绘和解释自然、社会、机构和文化的起源。简言之，神话是讲述神的超凡行为的故事，是一种"神圣的叙述"。神话最初以口述历史、宗教经典、传说寓言，以至于后来的章回小说、画作、雕塑品、动画、漫画、电影、电视剧等诸多方式进行传承。在神话中，有关于创世、神祇、人类起源、英雄以及怪物的诸多描述，这些都成为现代诸多奇幻作品的重要基础。

神话的定义有广义与狭义之分。广义的神话是指一切社会中的神性故事。一切涉及神的故事，都包含其中，而不单限于先民社会。例如，《西游记》《封神演义》等志怪小说叙述的神迹内容都称为神话。狭义的神话是指先民社会中的神性故事。

中国神话一般指的是关于上古传说、历史、宗教和仪式的集合体，它通常会通过口述、寓言、小说、仪式、舞蹈或戏曲等各种方式在上古社会中流传。就某方面而言，上古神话会被假定是历史真实的一部分，关于中国神话最初文字的记载可以在《山海经》《水经注》《尚书》《史记》《礼

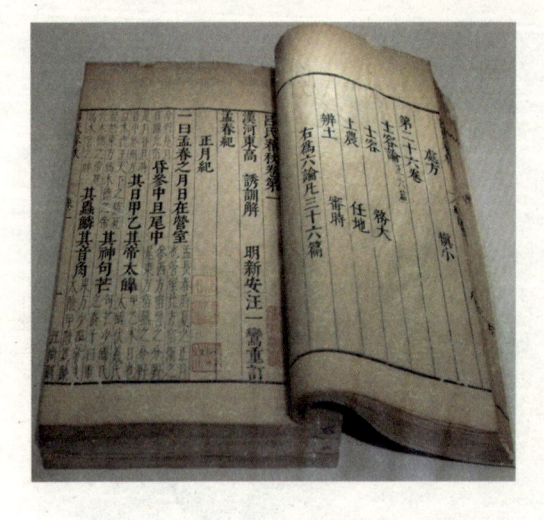

记》《楚辞》《吕氏春秋》《国语》《左传》《淮南子》等古代典籍中发现。历代文艺创作中，模拟神话、假借传说中的神来反映现实或讽喻现实的作品，通常也称神话。

中国神话，一般来说，是指汉族神话与少数民族神话的总和，而本书中所说的神话主要是指汉族神话。

2. 神话故事的来源

中国上古神话源自原始社会时期的人类试图通过推理和想象的方式对各种自然现象进行合理解释，但是由于当时的认识水平较低下，因此经常笼罩着一层神秘的色彩。古人认为，通过一定的手段（包括巫术）控制神，就可以改变自然现象，征服自然界。于是，自然神话随之产生了。

社会神话的产生要晚于自然神话。社会神话是对早期社会生活的反映，小到某种器物的发明、男女之间的爱情（如牛郎与织女、湘君与湘夫人、洛妃与河伯等），大到部落冲突和融合（黄帝与炎帝的联合、黄帝战蚩尤、刑天造反、尧舜禹禅让等），都在社会神话中有所表现。

中国神话中提及的人物和事迹在现代人的认知中多是荒诞的，其真实性也受质疑，以下是学者对神话来源提出的一些见解。

（1）神话杂说——神话是古代民间互相传述的故事，经过历代的添加和改造，故事内容变得更丰富，也可能变得面目全非。

（2）传说的延续——神话记载了古代人民的生活经验，以及对所感知的事物的主观看法，当中反映了社会的发展。

（3）神圣的神话——神话发展自人们知识水平较低的原始社会，所以对大自然的事物做出神圣的叙述。

3. 上古神话起源的时期

关于上古神话起源的时期，至今学术界尚未取得比较一致的看法。一般来说，上古神话起源于旧石器时代晚期，主要产生于新石器时代，但它的发展演变，却贯穿在见诸文字之前的整个历史时期。

旧石器时代早期和中期，由于人类的生产水平低下，生活十分简单、贫困，人们的思维相对来说还很不发达，缺乏正确认识自己与客观世界的能力，尽管他们在行动上时刻与大自然斗争着，却想不到要借助某种有力的意识形态，来帮助自己克敌制胜。因此，这一时期不会，也不可能创作出神话。

人类进入到旧石器时代晚期，原始人使用的生产工具有了长足的进步。同时，人们学会了人工取火，劳动技能大大增强，生活水平明显提高。母系氏族公社有了明确的分工，人们的思维意识得到迅速发展，语言也逐渐发达起来了。人们开始关注自身生存的社会和自然界，并以想象和幻想来解释对他们而言难以理喻的一切现象。

新石器时代是神话发生、发展的重要时期。8 000年前的神州大地上，新石器文化就已出现。6 000年前的仰韶文化，新石器文化已经成熟。新石器时代产生了新的社会组织和生产方式，也逐步形成了一套新的思维方式和语言表达能力。新石器文化的集体性质十分明显，集体意识的增强体现了社会组织的发展，这是新石器文化的重要特征。而各种神话的产生正是某种集体意识的表现。上古神话大抵是在整个新石器时代里集体生活不断强化的过程中逐步形成的。有组织的社会生活和人类语言的发展，不仅是人类文明发展必不可少的基石，同时也保证了知识积累的连续性，为知识（包括神话）的累代继承、广泛传播提供了可能性。

二、神话的本质

从古到今，中外产生了不少神话学派，对神话到底是怎么回事有着各自不同的解释。这里主要介绍马克思对神话本质的论述，这个论述非常精辟地揭示了神话的本质。

第一，神话产生的原动力在于上古人类认识自然、征服自然的愿望，神话的内容是对自然界和社会生活的变形反映。

第二，神话的思维方式是一种基于生活实践的幻想，把自然和社会加

以形象化、人格化是神话创作的重要方法。

第三，神话是人类童年时期的艺术创造，是一种"不自觉的艺术方式"。18世纪意大利学者、西方神话哲学的创始人维科认为，每个民族都经历了三个发展阶段——神的时代、英雄时代、人的时代，分别对应人类文明史的童年、青年、成年。神话是人类童年时期的产物。

任何神话都是用想象或借助想象以征服自然力、支配自然力，把自然力加以形象化，是已经通过人们的幻想用一种不自觉的艺术方式加工过的自然和社会形式本身。

原始人对自然和社会现象的形象化解释，在今天看来是荒诞的，但在当时，人们真诚地相信这些都是真实的。原始神话掌握在巫师手中，巫师又常常兼任部落首领，具有很高的权威，讲述和解释神话的权力都在他们那里。神话并不仅仅是一个故事，它还是包含神、祖先、部族历史等在内的知识与信仰的总汇，是原始人的百科全书。巫师讲述神话一般都伴随各种庄严的仪式，并在仪式中向神灵祈求，以达到某种目的。

今天我们把神话当作一种文学样式，但在原始人那里，神话却是一种信仰、一种历史、一种知识，是他们把握自然和社会事物的最初尝试，是一切人类文化的源头所在。

三、神话的艺术特色

1. 想象力强，题材广泛

神话是古代人们驰骋他们奇特的想象和幻想所创作的，具有内容神奇、想象丰富、个性鲜明、形式多样的特色，如小说、戏曲等，表面看起来很荒诞，实质朴素、真实、生动。

2. 具有离奇的情节、奇特的幻想

如后羿射日和打猎有关，女娲造人与制陶有关，把人民的生活情景渗入故事里，加以浪漫化，把现实和想象具象化，想法大胆、新奇、超越现实，富有空间、想象力。

3. 主人公性格鲜明超凡

神话中的主人公大多是原始社会里的劳动英雄、战斗英雄和其他英雄人物的理想化身，也有的主人公是与人类作对的超自然力或敌对的人类集团加以艺术夸张而成，不论是正面还是反面，都是鲜明生动超凡的。

4. 内容上大都与劳动有关

神话起源于劳动，神话中所歌颂的具有威望的神或是神性的英雄，几乎无一不与劳动有关。如开天辟地的盘古、炼石补天的女娲、发现药草的神农、教民稼穑的后稷、治理洪水的鲧等。这些神话的美妙幻想，从一个侧面反映了古代农民不屈服于命运的积极的生活态度，通过幻想创造了神话英雄来展现他们的劳动热情和征服自然的勇气及信心。

5. 体现了高贵精神品质及深刻的思想意义

在中国神话中，神大多是具有赫赫战功的英雄，他们不仅以其果敢的精神和英勇的行为，为天下芸芸众生创造了一个不可多得的生存条件，而且他们的斗争是不屈的、持久的、无往而不胜的，这与西方神话中的神和英雄往往被一种不可知的抽象命运所左右是不同的。

但是，由于早期神话受当时生存环境及生产力水平的限制，其内容无非是当时常见的日月星辰、山川丘壑、飞禽走兽、水草树木这些东西，不像后世的神话那样场面壮阔，情节复杂，人物多姿多彩，而是带有很多的原始痕迹，但是这些神话传说体现了人们对美好生活的追求及对美好愿望的寄托。

四、神话的当代孑遗

上古神话传承至今，在我国当代仍有口头流传。它有多种表现形式，渗透到社会文化的多个方面。

1. 古神崇拜

上古神话中的古神，今天仍然是人们崇拜的对象。在中原地区，河南省新密市有伏羲女娲祠，淮阳有太昊陵，济源有女娲补天处，泌阳、桐柏有盘古庙；岭南地区有众多盘瓠庙；还有星罗棋布于全国各地的黄帝、炎帝、大禹的陵墓和祠庙。在这些祠庙内，古神仍然受到崇拜。

2. 姓氏追溯

通过姓氏追溯，当代人与上古神话人物建立起了某种想象的血缘联系。西南地区的苗族、瑶族、畲族等都把盘瓠当作自己的始祖，壮族把布洛陀当作始祖，苗族还把蚩尤当作自己的先祖。汉族将很多姓氏都与黄帝、炎帝联系起来，把他们奉为自己的始祖。布洛陀是壮族先民根据自己对生活的认识，按照自己的理想和愿望，把自己的一切智慧、知识、气魄，都集中地概括在他的身上，使之成为寄托理想、人人拥戴、个个崇敬的民族祖先神。

据传说，苗族就是蚩尤部落战败而由中原南迁演变而成的民族，因此苗族至今仍尊奉蚩尤为始祖。据考，蚩尤以后，唐、虞、夏的三苗，殷周的髳，春秋战国的荆蛮，秦汉的黔中蛮和武陵蛮都可能是苗族先民在不同时代的名称。悠久的历史，在现代苗族中留下古朴神秘而又多姿多彩的风俗文化。

3. 地名由来

很多地名也来自神话。广州称五羊城，就来自神话。我国各地有无数个高山被叫作"铜山""首山""轩辕峰""桥山""荆山"，有的湖泊名叫"鼎湖"，大都来自黄帝铸鼎乘龙升仙的神话。

（1）羊城传说

广州又称"五羊城""穗城"。关于广州的别名有一个美丽的故事，传说周朝时广州连年灾荒，民不聊生。一天，南海上空飘来五朵彩色祥云，上有骑着仙羊的五位仙人，仙羊口中衔着五色稻穗。仙人把稻穗赐予百姓，并祝福此地永无饥荒。仙人离去后，五只仙羊因为依恋人间而留了下来，保佑当地风调雨顺。百姓为感谢五位仙人，在他们降临的地方修建了一座"五仙观"，观中有五仙的塑像，伴以五羊石像。

（2）轩辕峰

轩辕峰位于黄山东北部，与夫子峰、飞龙峰毗邻，为三十六大峰之一，海拔1664米。传说轩辕黄帝游憩于此，故名。

4.民俗遗留

神话故事还有制度化、习俗化的一面，成为民俗生活的组成部分。各地有不少盘古庙会、女娲庙会、禹王庙会等，有丰富多彩的民俗活动，每到庙会期间，数以万计的群众参与其中。这些庙会活动仍然传颂着盘古开天地、女娲造人、大禹治水的功绩。

知识小百科

太岁头上动土

岁星太岁，民间传说中的凶神。一说为木星（岁星），一说为主四时寒暑之神，一说为十二时辰之神。自西汉始，人们认为凡建筑、迁徙、嫁娶等吉凶皆与其方位有关。若犯之而动土，便会挖到一肉块，即凶神之化身，将招致灾祸。旧俗每有建筑动土之事，必先探明其方位以避之。元、明后设有专坛祭祀。后世亦以名凶恶之人。俗语"竟敢在太岁头上动土"，即源于此，意为胆大妄为。

第二节 中国神话的分类及发展

一、中国神话的分类

关于神话的分类，神话研究者从不同的角度出发就有不同的分类。按民族来分，在我国有汉族神话、满族神话、水族神话等；按地域来分，有西方昆仑神话、东方蓬莱神话、南方楚神话及中原神话等；按内容来分，有创世神话、日月神话、始祖神话、英雄神话、冥界神话、洪水神话、战争神话等。

我国的神话分类研究，具体有以下几种。林慧祥在1933年融合各类分类标准把神话分为八类：开辟神话（含洪水神话）、自然神话、神怪神话、死亡灵魂及冥界神话、风俗神话、历史神话、英雄神话和传奇神话。茅盾依据神话的功能把神话分为解释神话和唯美神话。解释神话也叫推源神话，解释世界是如何产生，万物是如何形成的；唯美神话是为满足追求娱乐的心理，又分为历史的和传奇的唯美神话。潜明兹把神话分为八类：人的自然化神话（人被自然同化的神话）、人类的起源神话、人化的自然神话、向自然进攻神话、文化英雄神话、英雄崇拜神话、从圣入凡神话（神话向传说转化）、史诗中的神话与传说。这种分类是以内容为主，同时

还兼顾神话的历史发展脉络。袁行霈主编的《中国文学史》按内容把神话分为创世神话、始祖神话、洪水神话、战争神话、发明创造神话。还有学者把神话和传说分为创世神话、英雄神话、世俗神话、神魔志怪、琼台女仙、志怪传奇、民间诸神神话等。

1. 按地域划分

按照地域系统可以将中国神话分为四大系统，即由西王母、盘古、女娲以及他们所代表的西方昆仑神话、东方蓬莱神话、南方楚神话及中原神话。

（1）西方昆仑神话

西方昆仑神话是中国神话的主体部分。传说昆仑山有一至九重天，能上至九重天者，是大佛、大神、大圣。西王母、九天玄女均是九重天的大神。典籍记载，西王母在昆仑山的宫阙富丽壮观，如"阆风巅""天墉城""碧玉堂""琼华宫""紫翠丹房""悬圃宫""昆仑宫"等。

历史学家吕继祥在对昆仑山和泰山的文化特征比较中指出：在《山海经》中，昆仑山是一个有着特殊地位的神话中心，很多古代的神话，如《夸父逐日》《西王母》《三青鸟》等故事，都起源于昆仑山。在昆仑神话系统中，西王母的神话传说对后世有着较大的影响。西王母是昆仑神话中最原始的女神，也是中国神话体系中十分重要的一位神，对其信仰在战国时期已经形成，汉代是西王母信仰的鼎盛期。西王母是中国历史上第一个在较大范围内和较长时间里流行、具有民间宗教崇拜性质的、有着常人形态的神，故又被海外学者称为"中国第一神"。

作为汉代文化中最庞大、最普及的文化信仰，直到佛教文化渐盛于中国，西王母信仰才渐渐淡化，这之前她是四五百年间中国人精神世界里最坚实的信仰。

(2) 东方蓬莱神话

在长期的历史演变过程中，三神山传说的流传，历代帝王海上求仙活动的兴起，奠定了蓬莱在中国东方神话中的地位，致使"蓬莱"二字成为"仙境"的代名词。在各种文学作品中，"蓬莱"这一特殊含义的名词，使用频率相当高，充分印证了神仙文化的广泛影响。蓬莱有着自己深厚的神仙文化底蕴，这也是蓬莱区别于其他旅游胜地的最突出的地方。蓬莱的山海景观是形，神仙文化是魂，两者相互融合，构成名胜中的精华，充满了无限的魅力。

(3) 南方楚神话

楚人曾并国六十有余，据地五千里。其境西至巴枳（今四川涪陵西），东括吴越。从长江上游的下段（重庆）一直到长江下游的入海口，都在楚文化的覆盖之下——这还不包括楚文化在上游因"庄蹻入滇"（今云南省昆明市）所留下的一块"飞地"。楚文化典籍保存了大量古代长江流域及周边地区（包括黄河流域）的神话传说，集长江流域先秦时期神话传说之大成。可以说，战国是楚地神话传说大量载入文献典籍的黄金时期，而两汉则是长江流域神话传说载入文献典籍的巅峰期。

(4) 中原神话

中原神话产生于黄河中游地区，所以中原神话成了华夏民族神话体系的代表和核心内容。它既吸纳"四方""九夷"中的思维成果,又向周边部族扩散。中原神话哲学是中国古代哲学的开启、发端和源头。古代中国的众多哲学流派,无不与中原神话哲学一脉相承。在先民所创作的神话中,从盘古开天辟地、女娲抟土造人开始,到后羿射日、共工触山等,孕育出了无中生有、天人合一等诸多哲学基因;发展到河图洛书、伏羲画八卦,建立起了一套哲学体系,而且是有形的、自成体系的、相对完善的。中原神话哲学是以八卦为标志,以阴阳为核心内容的。中原神话哲学是中国古代哲学的基础和开启,影响至今。

2. 按内容划分

按所表现的内容，可以把中国神话分为创世神话、英雄神话、洪水神话等。

创世神话也称开辟神话，主要有两个方面：一是解释和描述天地开辟，包括世界和万物的形成；二是说明人类的起源，包括民族的由来等。创世神话是人类幼年时期用幻想的形式对自然、宇宙所作的幼稚的解释和描述，反映出古代人对天地宇宙和人类由来的原始观念。中国的创世神话结合了儒家文学、道家文学和民间信仰而成一体，然而不同版本之间的叙述往往会有冲突的情况出现，对于谁是中国神话中的"第一人"，根据时代的先后就出现了上帝、天、女娲、盘古和玉皇大帝等几种说法，其中以盘古的故事最为著名。

先民在与自然或社会斗争的长期实践中，不断加深着对自然、社会及自我的认识，探索着主体和客体的关系，创造着英雄业绩，英雄神话随之产生。英雄神话的出现意味着人类自我意识的觉醒，反映了原始人类对自我的认识与反思。在中国古代神话中，英雄神话是数量较多且极富魅力的一部分。如治水、抗旱的神话，颂扬了与大自然作抗争的英雄；黄帝战蚩尤、共工怒触不周山的神话，则是社会斗争的反映，描述了氏族社会部落之战的英雄；刑天与帝争神的神话，赞美了敢于斗争、不怕失败的英雄。它们组成了一系列神奇灵异的英雄群像，在我国古代神话的宝库中熠熠闪光。

洪水神话是以洪水为主题或背景的神话，洪水神话在世界各地普遍存在。学术界对洪水神话的成因也提出了种种解释。曾经有过的洪水灾害是如此惨烈，在人类心灵中留下了不可磨灭的印记，成为一种集体表象，一代一代地流传下来，提醒人们对自然灾害保持戒惧的态度。

后世所传洪水神话多为远古某个时期人类在遭到毁灭性洪水灾难之后，洪水遗民两兄妹结婚，再生人类。这个神话可分为南北两大系统。西南系统的洪水神话一般说的是：雷公发洪水，淹没世界。有兄妹二人躲在葫芦中，避过洪水。最后，通过滚石磨、抛石等占卜方式，决定结为夫妻，婚后繁衍出不同的种族。

北方系统的洪水神话是：洪水泛滥，淹没世界。伏羲、女娲（或盘古兄妹）在石狮子或乌龟等的保护下，避过洪水。他们根据石狮子或乌龟的意思，通过滚石磨等方式决定结为夫妻。最后，二人捏黄泥人，再造人类，从而成为汉族"人祖"。

这里捏黄泥人的情节来源于古代女娲抟土造人的神话，后来产生了伏羲、女娲（或盘古兄妹）结为夫妻的说法，但这一情节仍然被延续下来。两大系统神话都存在原始血缘婚的痕迹，是中国原始社会从群婚制向对偶婚制过渡的婚姻形态的反映。

3. 神话、传说与仙话

根据中国学者袁珂的分类，现在所说的中国神话可分为神话、传说和仙话三种。

神话主要是描述人类与大自然的关系、万物有灵论及上古宗教，其背景是在秦汉以前，神话中的主角是神或半人神，样貌、能力和功绩多异于常人。神话叙述的是超乎想象的时空或事件。

传说就是一些口耳相传的故事，这些故事可能会随着人口的迁移，在相隔数百里的地方，有着同样人物的传说，却又因地方的不同而有所偏差。传说的主角是人，样貌、能力和功绩虽被夸张描述，但并非不可接受，内容也较贴近现实世界。

神话与传说最大的不同有两点。第一，神话的主人公是神或半人半神，其状貌、才能、功业具有夸张描写，充满浪漫主义色彩。传说的主人公则是人，其状貌、才能、功业虽有想象虚构的成分，但更接近现实。第二，神话反映的多半是超乎现实的生活，传说则大致接近或符合现实生活。

神话与传说常常互相

杂糅，在某些具体作品中，并没有严格区分。如有关擒封豨、断修蛇的英雄羿，一年一度鹊桥会的牛郎织女和嫦娥奔月等传说，便是把人的感情愿望、生活情景渗透到神话中去，因此，其既是神话又是传说。

仙话是中国神话的变种和末流，约起源于战国时期。仙话结合道家清静无为的思想，由道士辗转煽扬，各种荒诞不经的故事层出迭起，中心内容无非炼丹炼药、飞升成仙等。仙话主要是宣传神仙思想和汉代以后的道教思想，表现了人们希望修炼身心、快乐逍遥、长生不老的愿望。

虽然学者把中国神话细分为以上三类，但历代道士把他们的信仰和想象加入神话当中，民间也常常把三者混为一谈。举例说明：在神话中，天地混沌如鸡子，盘古用斧头分辟天地，最后他的身体也化为世间万物；在仙话中，盘古变作一个叫"元始天尊"的仙人，他遨游天地之间并与一位叫"太元玉女"的仙女结合，生了一个叫"玉皇"的儿子。

在晋代至明清时期，中国文学史上还出现了一种被称为"志怪小说"或"神魔小说"的类别，主要讲述"神""鬼""仙""妖""精""怪""佛""魔"的故事，当中很多参考了神话、传说和仙话。其中，有名的当数《封神演义》《西游记》《镜花缘》《聊斋志异》等。

二、神话的著作典籍

1.《山海经》

古代中国神话的基本来源就是《山海经》，主要记述的是古代神话、地理、动物、植物、矿物、巫术、宗教、古史、医药、民俗、民族等方面的内容。《山海经》原来是有图的，叫《山海图经》，魏晋以后已失传。《山海经》全书18卷，其中"山经"5卷，"海经"8卷，"大荒经"4卷，"海内经"1卷，共约3.1万字。该书记载了许多诡异的怪兽以及光怪陆离的神话故事，按照地区方位把这些事物一一记录。所记事物大部分由南开始，然后向西，再向北，最后到达大陆（九州）中部。九州被东海、西海、南海、北海所包围。这种南西北东的顺序与后代从东开始的东南西北的顺序习惯不同，据研究，这与古代帝王坐北朝南以及天南地北的空间观念有关。

《山海经》记神灵450多个，多用精米（糈），与巫术相似，还两次特别提到"九头的蛇"。有些学者则认为《山海经》不单是神话，而且是远古地理的描述，其中包括了一些海外的山川鸟兽，是一本具有历史价值的著作。

《山海经》一书的作者和成书时间都还未确定。袁珂在《中国神话研究和〈山海经〉》一文中说："《山海经》是从战国初年到汉代初年，经过多人写成的一部古书，作者大概都是楚地的楚人。"

2.《淮南子》

《淮南子》，又名《淮南鸿烈》《刘安子》，是由西汉淮南王刘安及其门客李尚、苏飞、伍被、左吴、田由等八人，仿秦吕不韦所著《吕氏春秋》，集体撰写的一部著作。

刘安是汉武帝刘彻的叔父，刘安撰作《淮南子》是为了影响刚刚登基的汉武帝刘彻。原书内篇21篇，外篇33篇，至今存世的只有内篇，"说林、说山、人闲诸篇多纪古事"。这部书的思想内容接近于道家，同时夹杂着先秦各家的学说，故《汉书·艺文志》将之列为杂家类。梁启超说："《淮南子》匠心经营，极有伦脊，非漫然獭祭而已。"胡适说："道家集古代思想的大成，而淮南书又集道家的大成。"

3. 其他著作

《河图括地象》又名《河图括地图》，或简称《括地图》，主要记述山川地理方面的神话传说，所收材料颇丰，有相当高的参考价值。和这部书内容性质相近的，还有《龙鱼河图》和《遁甲开山图》，大约也是当时的纬书。汉代《吴越春秋》《越绝书》《蜀王本纪》都有若干神话传说材料。《太公金匮》记述商周之际带神话性质的历史故事。王充的《论衡》中有许多重要的神话，或者是具有神话性质的传说。《风俗演义》《三五历记》

所收集的神话传说材料也不少。汉人志怪著作中被疑为六朝人伪撰而托名的，主要有《神异经》《十洲记》《洞冥记》三部。《十洲记》写十洲三岛上的仙灵奇物，如祖洲的不死草、炎洲的凤生兽、聚窟洲的反魂树等，而续弦胶及猛兽两物，更具有神话意味。《洞冥记》又称《别国洞冥记》或《汉武洞冥记》，共四卷，所记都是汉武帝时的逸闻奇事及遐方远国之事，神仙家的气味颇为浓厚，怪诞夸饰，殊少可观。《神异经》格局体例，大致是模仿《山海经》，分为东、东南、南、西南、西、西北、北、东北八荒，再加上中荒，略其山川道里，记其珍怪神灵异人。汉晋时代，有两部最重要的仙话，一部是题为刘向撰的《列仙传》，另一部是葛洪撰的《神仙传》，其中都有不少材料，可以作为神话研究考察的对象。

稍后于《神仙传》，有六朝梁陶弘景的《真诰》，所记大都是仙真传授诀等，凡神仙出处、仙官位次、洞天福地景象、延年祛病医方，无不尽有，实在是一部内容庞杂的降仙笔录。其为诞妄，不辨可知。但其中也偶有接近神话的仙话片段，发人深思。

隋唐五代时期，仙话的专集很多，如《续神仙传》《仙传拾遗》等，大都已经佚亡，难于考索。唐代的《神仙感遇传》《墉城集仙录》《录异记》，也是这一时期比较重要的作品。

五代末叶南唐时沈汾《续仙传》中的小部分，就是神仙传说之类的东西。南宋陈葆光撰的《三洞群仙录》20卷、元代赵道一编的《历世真仙体道通鉴》53卷，虽然所收故事及仙人众多（前书收神仙故事共1054个，后书收仙人共745人），但大都系杂凑抄撮成书，价值不高。

明代万历年间，由坊间书贾汪云鹏刊印而托名李攀龙序、王世贞编辑的《列仙全传》问世，共收581人，起自上古，迄于明代弘治末年，在显存而又易得的这类书籍中，算是最丰富的一种。该书虽然也有杂凑之弊，但刊刻工细，少有错讹，书中附有精美插图若干幅，并可作美术鉴赏。有的条目虽最早见于其他书籍，但以今本每有讹，反不如此书所抄古本，较正确无误。明代以后的仙话，大量保存在各地地方志中，或者在某些有关地方风物的传说中。

三、神话对文学的影响

1. 神话与汉赋

神话对文学的影响,主要是指汉代以后。汉代文学作品的主要体裁是汉赋,如司马相如的《上林赋》《子虚赋》,扬雄的《羽猎赋》《甘泉赋》等就开始引用一些神话的人名、地名和物名,如宓妃、蚩尤等,但是还不多见。东汉张衡的《西京赋》和《东京赋》中,神话材料的运用就相当多了。但是总体说来,汉赋大多是满足封建统治者需要,以夸耀宫室、苑囿、行猎、京都之盛为主要内容而供帝王们欣赏的,即使里面有点讽刺的意味,实际上也起不了什么作用。汉赋中引用的神话资料不过是为了装饰文章,其实没有深厚的思想内容。

2. 神话与汉魏六朝的诗歌、小说

神话还影响到汉魏六朝的诗歌,如《古诗十九首》中的《迢迢牵牛星》便是根据民间所传牛郎织女神话而写作的。刘向辑校的《列女传》中的《有虞二妃》开创了采取神话材料作小说的先河。晋代张华的《博物志》里所记的天河神话以及干宝的《搜神记》里记录的盘瓠、蚕马神话,都带有神话小说的意味,在一定程度上具有一些积极的浪漫主义精神,实际上也成了这些神话本身的最早记录。

3. 神话与唐代诗歌

唐代不少诗人的诗篇中都有神话方面的取材。如李白的《大猎赋》中的"五丁摧峰,一夫拔木""龙伯钓其灵鳌,任公获其巨鱼",《上云乐》里的"女娲戏黄土,团作愚下人",《感兴八首》里的"瑶姬天帝女,精彩化朝云"。中唐时卢仝的《月蚀诗》几乎全部取材神话,设想构思极为奇特,从月出到月食,借月中有蟾蜍(蛤蟆)的古传说,写下了蛤蟆蚀月

的生动情景。又联想到月中的白兔捣药、尧时十日烧九州、天降洪水沃九日、蛤蟆不肯食九日而食月等情景,以致引起作者的巨大愤恨,认为是"食天之眼",从而发出"臣今告诉帝天皇,臣心有铁一寸,敢刳妖蟆痴肠"的呐喊。晚唐诗人李商隐的诗作也巧于运用神话材料,如《锦瑟》中的"庄生晓梦迷蝴蝶,望帝春心托杜鹃。沧海月明珠有泪,蓝田日暖玉生烟"、《月夕》中的"兔寒蟾冷桂花白,此夜姮娥应断肠"、《无题》中的"蓬山此去无多路,青鸟殷勤为探看"等都是情景交融、用典浑成的佳句。

4. 神话与宋以后的小说戏曲

宋代以后,神话对小说、戏曲等有着显著影响。小说方面,宋人所作的《大唐三藏取经诗话·入王母池之第十一》,说西王母池有蟠桃树,"千年始生,三千年方见一花,万年结一子,子万年始熟,若人吃一颗,享年三千岁",云云。此西王母池显然就是根据古代神话中的西王母瑶池而来。明人小说《有夏志传》主要部分叙写了大禹治水历经海内名山大川及海外各国,统率禺疆、庚辰等神人收妖降怪的故事,也含有一些神话因素。明末周游著的《开辟衍绎通俗志传》共80回,从盘古开天辟地写起,直到武王伐纣为止,将神话和历史杂糅在一起,其中保存了一些流传后世的民间神话材料。吴承恩的《西游记》和许仲琳的《封神演义》也是取材于神话。明代小说《水浒传》和清代小说《红楼梦》《镜花缘》中也都可以见到神话对它们的影响。

戏曲方面,《脉望馆钞校本古今杂剧》中的《关云长大破蚩尤》《二郎神锁齐天大圣》《二郎神射锁魔镜》等都取材于神话。

第二章

创世神话

一、盘古开天辟地

相传在天地还没有诞生以前,宇宙是混沌的,没有一丝光亮。这个世界上没有高山河流、花草树木、鸟兽虫鱼,更没有人类。整个宇宙都紧紧地团在一起,好像个大鸡蛋。"大鸡蛋"的里面,只有盘古一人在那里睡大觉,一直睡了1.8万年。突然有一天,他醒来了,睁眼一看四周,到处都是黑乎乎的,什么也看不见。盘古急得心里发慌,于是就顺手抄起一把板斧,朝着前方黑暗猛劈过去。谁知这一劈可不得了,霎时间只听得山崩地裂一声巨响,这个大鸡蛋一下子裂开了。其中,一些轻而清的东西,慢慢上升变成了天;而另一些重而混沌的东西,则慢慢下沉变成了地。天地刚分时,盘古怕它们再合拢上,于是就站在天与地之间,头顶着天,脚踩着地,不敢挪身一步。自那以后,天每日升高一丈,地也每日加厚一丈。

盘古的身体,也随着天的增高而每日长高一丈。就这样,盘古顶天立地,坚持了1.8万年,终于使天地都变得非常牢固。但由于过度疲劳,他终因劳累不堪而死去。就在他临死之一瞬,全身忽然发生了根本性的变化:他口里呼出的气,顿时变成了风和云;他呻吟之声,变成了隆隆作响的雷霆;他的左眼变成了太阳,右眼变成了月亮;他的手足和身躯,变成了大地和高山;他的血液变成了江河;他的筋脉变成了道路;他的头发和胡须,变成了天上的星星;他的皮肤和汗毛,变成了草地林木;他的肌肉变成了土地；他的牙齿和骨骼，变成了闪光的金属和坚石、珍宝；他身上的汗水，变成了雨露和甘霖。

> **知识小百科**
>
> **盘古山**
>
> 泌阳盘古山，位于河南省泌阳县南30里，传说此山就是当年盘古开天辟地、繁衍人类、造化万物的地方。盘古山山势巍峨挺拔，高耸入云，林木苍郁，古庙幽静，景色宜人。乳白色的云雾飘荡在山峦间，一层层薄纱覆盖着一个个悠远的神话传说。这里更因有盘古庙及盘古庙会而闻名四方。在山周围31.5平方公里内，还广泛分布着与盘古有关的诸多人文历史景观。
>
> 在湖南省怀化市沅陵县境内有一盘古洞，洞内有一巨大的石锁和很多人工雕琢的生活用具。据说，在一张石床上有一钟乳石柱，高有数米。专家推测，像这样的大型钟乳石柱，其形成时间约万余年。
>
> 在宜川县的集义镇和寿峰乡之间，有座大山也叫盘古山，雄踞群山，高耸挺拔，谷深林密，人迹稀少。东临黄河，西接大岭（梁山主峰），南是龙门，北近壶口。而且在集义镇东两公里处有座盘古庙遗址，据当地人讲，此庙过去规模很大，现仅存石窑洞一排，庙宇已荡然无存。当地有个公山母山的传说，说集义南边的山是公山，即盘古；北边的山是母山，即盘古妹妹。在很久以前，世上还没有人的时候，他俩晚上婚配，白天就分开，这样就繁衍下人类。后人为了纪念祖先，在两山之间的川道里建起一座盘古庙。
>
> **盘古峰**
>
> 盘古峰矗立在湘西德夯村西侧，海拔700余米，四周绝壁，是一座人迹罕至的古老原始的独秀峰。远远望去，只见翠峰浮沉于雾海之中，犹如蓬莱仙岛，人称"大山之骄子"。诗人黄先顺赞曰："武陵矗立

盘古峰,辟地开天美言同。千仞雄姿今相识,苗家旗语响九重。"古时相传,盘古峰顶有沉香木,乃木中珍品,名扬四海。洞庭君山寺方丈和尚闻讯后,千里迢迢专程寻找至盘古峰下,但因峰高入云,且无路可攀缘,只好望而空叹,拱手谒拜道:"此乃盘古峰也。"今人在盘古峰上开凿了一道石级天梯,但多奇险处。游人可以沿着开凿的"之"字形石级,穿密林,上天梯,进隧洞,转石嘴,出斜径,过仙桥,在奇妙惊险之中达至峰巅。峰巅则云雾蒸腾,古林幽深,山风寒气逼人。峰顶是一片原始次森林,面积40多亩,下石上土,为球面圆台状。圆台土丘上覆盖着葱茏的古树,幽幽静静,千百年的古木奇干怪枝,藤萝翳漫,自生自灭。

在峰顶观日出也别具情趣,旭日从雾海峰波中喷薄而出,其壮观景象不亚于在泰山极顶看日出。

二、女娲抟土造人

女娲是中国上古神话中化育万物、造福人类的女神。她人首蛇身模样,生性孤僻,不多说话,但胸怀广大,素有悲天悯人之抱负。据说,在其师侄元始天尊(盘古)一斧头劈出一个天地后,虽然大地上已经有了山川草木,甚或也有了鸟兽虫鱼,可是没有人类,世间仍旧荒凉寂寞。女娲行走在大地上,感觉非常孤独。她觉得在这天地之间,应当添点什么东西

才有生气。于是，她抓起了地上的黄土，仿照自己映在水中的形貌，揉团捏成一个个小人的形状。这些泥人一放到地上，就有了生命，活蹦乱跳，女娲把他们叫作"人"。就这样，她用黄泥捏造了许多男男女女的人。但是用手捏人毕竟速度太慢，于是女娲顺手拿起一截草绳，搅拌上深黄的泥浆向地面挥洒，结果泥点溅落的地方，也都变成一个个活蹦乱跳的人。于是大地上到处都有了人类活动的踪迹。女娲还使男女相配，叫他们自己生育后代，一代一代绵延。在神话中，女娲不单是创造人类的始祖，还是最早的婚姻之神，后世把女娲奉为高媒，也就是神媒的意思。人们祭祀这位婚姻之神，典礼非常隆重，在郊野筑了坛，建立了神庙，并用"太牢"的礼节（猪、牛、羊三牲齐备）来祭祀她。

知识小百科

女娲庙会

传说女娲和伏羲兄妹相婚而成夫妻，同为人类之始祖。女娲曾抟土造人，炼五色石补天，折断鳖足，支撑四极，治平洪水，杀死猛兽，使人得以安居。后人在泉州城西修"女娲坟"，在城内建"女娲庙"。庙分上下两层，下供"伏羲神像"，上供"女娲神像"。女娲身披树叶，赤足散发，左足踏鳖，右手持蛇，气宇轩昂，栩栩如生。每年春秋之际，丰稔之余，民众接踵而至，瞻拜庆祝。依此，古时泉州已是居民殷盛，城池壮伟，尤其是春秋、战国时期，女娲在民间已享有崇高的信誉，并留下了大量的神话传说。时至今日，每逢阴历初一、十五，四面八方民众到城内冢前、阁前进香瞻拜，便形成了丰富多彩的乡间庙会。

三、女娲炼石补天

上古时候，因为共工与颛顼争帝失败，一怒之下，一头撞向天柱不周山。支撑着天空东南西北的柱子倒了，使得整个大地破裂开来，天空再也不能覆盖大地,大地也不能装载万物。熊熊大火一直在燃烧,滔滔洪水一直在奔流;凶猛的野兽从深山老林里跑出来伤害善良的人们;吃人的鹰和大鸟飞来飞去咬吃老人和病弱的人。看到这个样子,女娲就从山上采来红、黄、蓝、白、黑五彩灵石,架起一把火将它们熔炼成胶糊状的液体,然后拿去补在天空破裂的地方。仔细看虽然还有点不一样,但远远看去也就和原来的光景差不多了。女娲又怕补好的天空再坍塌,便又斩断大神鳌的四只脚,用来代替柱子竖立在大地的四方,把天空支撑起来。接着又把兴风作浪干坏事的黑龙杀掉,救护了冀州的人民。最后,把芦苇烧成灰,堆积起来堵塞住洪水。破裂的天空补上了,东南西北四根柱子立正竖稳了,洪水也被堵住了,冀州一带安定了,毒蛇猛兽被杀死了。善良勤劳的人民得到新生,他们背靠着方正宽广的大地,面对着圆形高远的天空,又重新过上了平静的生活。但在女娲娘娘补天之时,有一块顽石,似是不甘做平庸的补天石,竟偷跑了出来,那就是后世之天产石猴孙

悟空。至今在我国西南的苗族、侗族中还流传着女娲的神话传说，并把她作为本民族的始祖加以崇拜。

四、始祖伏羲

伏羲，又称"宓羲""庖牺""包牺""牺皇""皇羲""太昊"等，《史记》中称"伏牺"，是华夏太古三皇之一，与女娲同被尊为人类始祖，龙身人首或蛇身人首。所处时代约为新石器时代早期，相传为中国医药鼻祖之一。相传伏羲教民结网、渔猎畜牧、制造八卦等，亦传说伏羲创文字、古琴。传说伏羲坐于方坛之上，听八风之气，乃作八卦。八卦衍生《易经》，开华夏文明。近代之灵签或掷杯，实是《易经》之简化版。因其制造八卦，人奉之为神，尊其为八卦祖师。

在中国古代神话中，开始繁衍人类的任务，就是交给了伏羲、女娲两兄妹。伏羲的母亲是风兖部落的女首领，居住在华胥山之渚（今甘肃庆阳市与平凉市境内的沿河地带），被称为"华胥氏"。华胥氏年轻有为，与族叔风偌率族人逐水草而居，过着浪漫的游牧生活。

有一天，她到一个风景特别的雷泽去游玩，偶尔看到了一个巨大的脚印，便好奇地踩了一下，于是受感而孕，于农历三月十八生下一个儿子，取名"伏羲"（伏羲生日为农历三月十八，现在中原地区还有在农历三月十八祭祀伏羲的风俗）。雷泽中的脚印其实是雷神留下的，这位雷神长着龙的身子人的头（与女娲、盘古等神一样是人头蛇身）。《山海经·海内东经》中记载："雷泽中有雷神，龙身而人头，鼓其腹。"因此，伏羲本来就是一个龙身（蛇身）人首的"龙种"。他也是人祖女娲的哥哥。在清代梁玉绳《汉书人表考》卷二引《春秋世谱》："华胥生男为伏羲，女子为女娲。"所以，伏羲、女娲以兄妹而为夫妇之说乃确实不可取。

五、燧人取火

燧人氏是中国上古神话中火的发现者，有一种说法认为他为"三皇"之一。《韩非子·五蠹》中记载："民食果蓏蚌蛤，腥臊恶臭而伤害腹胃，民多疾病。有圣人作，钻燧取火以化腥臊，而民说之，使王天下，号之曰燧人氏。"

古时有一个国家叫燧明国，这个国家是太阳和月亮都照射不到的地方，不见天日，不识昼夜。在这个国家有一棵大树叫"燧木"，树枝根节弯来绕去，长得又高又密，连接起来有一万顷那么大。

后来有一个聪明、勇敢、善良的人，他漫游天下，走得极远，远到连太阳和月亮都看不见了，到了燧明国，在"燧木"树下休息。按理说，燧明国本来就是一个暗无天日的国家，大树林里肯定更加幽暗，没想到的是，大树林里到处是闪闪的、美丽的火光，像珍珠和宝石那样灿烂，照耀得四处明明亮亮。他看见有鸟正在用嘴叮啄这棵大树的树身。每叮啄一下，就会发出一点火星。这个人突然受到启发，就想出了人工取火的办法。于是，他用一根小树枝在另一根小树枝上不停地转动摩擦，火苗就冒出来了。他回到自己的国家，把钻木取火的方法教给人民，这一来就扩大了火的用途，人们要火就可以有火，不必去等待那天然的雷火，也不必终年四季守着个火堆唯恐它熄灭。人们

感念这钻木取火方法的发明者，因此称他为"燧人"，燧人就是"取火者"的意思。

知识小百科

火神阏伯

河南省商丘市有座著名的庙宇"火神台"，供奉着阏伯的神像，因而又叫"阏伯台"。火神台形状如坟墓，规模很大，高达十丈。台上除火神庙外，还有大殿、拜厅、钟鼓楼等。台下设有戏楼、大禅门等精美建筑。庙内还有明清彩色壁画，是我国现存祭祀火神的珍贵庙宇。传说，阏伯是原始社会"五帝"中帝喾的长子，帝喾成为君王后封儿子阏伯于商丘，专门管理火种，称为"火正"。阏伯在非常艰苦的条件下，将火种完整地保存下来，为百姓世代相传。阏伯死后，后人便称他为火神，筑台埋葬于此。因阏伯管理火种有功，人们便修建了阏伯台，供奉阏伯神像。从古至今，当地百姓每年的农历正月初七都到火神台进香朝拜阏伯，形成祭祀火神的盛大古庙会。

中华各民族都有火神祭祀的风俗。在杭州，因为历史上杭州多火患，所以每逢农历六月廿三火神诞辰日时，都要举行火神诞会。宋时，杭州民间祭祀火神有赛会之举，并有跳灶会（又称"跳蚤会"）舞蹈。明清以来火神诞会还隆重举行，届时要在城内演敬神戏一个多月。辛亥革命后，禁止城内唱庙台戏，火神诞会才逐渐废除。鲁南地区则以农历正月初七为祭祀火神之日，民间有组织"火神会"的习俗，除去火神庙朝拜外，全体会员还要聚餐两次。此外，此处的火神形象相貌凶狠，三头六臂，并有风火轮、火葫芦、火印、火剑、火弓等火器配备，酷似神话传说中"哪吒"的变形。

在彝族的风俗中，只有祭过火神，才能用火，这是对神灵的崇敬。每年举行火把节时，由族中德高望重的毕摩（巫师），为火把节圣火的点燃诵经祈祷、祭拜火神。

六、神农尝百草

　　神农氏，华夏太古"三皇"之一，传说中农业和医药的发明者。他尝遍百草，教人医疗与农耕。因此，他被世人尊称为"药王""五谷王""五谷先帝""神农大帝"等，是掌管医药及农业的神祇，不但能保佑农业收成、人们健康，更被医馆、药行视为守护神。

　　传说神农氏的样貌很奇特，身材瘦削，身体除四肢和脑袋外，都是透明的，因此内脏清晰可见。神农拿一根红褐色的鞭子去鞭打各种草，便知道各种草分别具有平和、有毒、寒的和温的四种特点。神农氏尝尽百草，只要药草是有毒的，服下后他的内脏就会呈现黑色。因此，什么药草对于人体哪一个部位有影响就可以轻易地知道了。神农了解到各种草的特点后，根据它们的特点，挑选了一些来播种，并使其生长得很好，所以人们尊称他为"神农"。后来，由于神农氏服了太多种毒药，积毒太深，最终身亡。

　　相传炎帝和黄帝是神农氏之后，两人各自率领的部落联合形成华夏族。炎帝败于黄帝，黄帝为天子，炎帝部落的一部分迁离了黄河流域。

　　蚩尤亦是神农氏之后，蚩尤部落在黄河流域战败后，一部分融入黄帝部落，一部分南迁，后又西迁。鄂、湘、贵间均有苗民，为蚩尤之后，因先祖务农，故以神农氏为名。蚩尤部落文明程度本来较高，但因战败后后裔居于偏远之山间，日久之后，文化并无进步，抑且退化，反而成了化外之民。

知识小百科

神农的贡献

相传是神农氏发明了耕种的方法，他命百姓收集谷种，然后播撒在开垦过的田土上，以后百姓便照这方法种植五谷，神农氏之称源于此。神农氏还首创了木制的耒耜，被认为是农业发明之始。相传，神农氏为辨别各类草药，亲自尝试，最后试到一种含有剧毒的草药时，无法可解，牺牲了生命。神农氏还发明了陶器，陶器是与农耕同时出现的，被誉为继火的使用之后的又一大创举。

神农故居

相传，神农氏出生于烈山，有人在湖北距随州北40公里的烈山镇烈山神农洞修建了神农故居。神农故居设有神农洞两处（一为谷物药材储藏，一为居住），并有神农亭、神农塔、神农庙，山南建神农茶室、神农花卉、九龙亭及山北神农母安登浴池、百草园等。湖北西部山区，有一地被称为"神农架"，也与神农氏有关，源于神农氏曾到此地搭架采药之传说。烈山还有神农井、神农宅、神农观、炎帝庙等古建筑。烈山镇北有"炎帝神农氏"碑一座，保存至今。

头顶一颗珠

一次，神农氏在深山老林采药，被一群毒蛇围住。它们向神农氏扑去，有的缠腰，有的缠腿，有的缠脖子，想致神农氏于死地。神农氏寡不敌众，终被咬伤倒地，血流不止，浑身发肿。他忍痛高喊："西王母,快来救我。"王母娘娘闻听呼声后,立即派青鸟衔着她的一颗救命解毒仙丹在天空中盘旋俯瞰,终于在一片森林里找到了神农氏。毒蛇见到了王母的使者青鸟,都吓得纷纷逃散。

　　青鸟将仙丹喂到神农氏口里,神农氏逐渐从昏迷中清醒。青鸟完成使命后,翩然腾云驾雾回归。神农氏十分感激,高声向青鸟道谢。哪知,一张口,仙丹落地,立刻生根发芽长出一棵青草,草顶上长出一颗红珠。神农氏仔细一看,与仙丹完全一样,放入口中一尝,身上的余痛全消,便高兴地自言自语:"有治毒蛇咬伤的药方了!"于是,给这味草药取名"头顶一颗珠"。后来,药物学家给它命名为"延龄草"。

七、黄帝轩辕

　　传说黄帝姓公孙,居轩辕之丘,故号"轩辕氏"。又居姬水,后改为姬姓。据传,黄帝出生几十天就会说话,少年时思维敏捷,青年时敦厚能干,成年后聪明坚毅。建国于有熊(河南新郑),亦称为"有熊氏"。当时蚩尤暴虐无道,兼并诸侯,那时的天下共主、发明农耕和医药的炎帝已经衰落,酋长们互相攻击,战乱不已,生灵涂炭。炎帝无可奈何,求助于黄帝。黄帝毅然肩负起安定天下的责任。黄帝与蚩尤战于涿鹿,双方的战士都英勇无畏,战斗十分激烈。黄帝在大将风后、力牧的辅佐之下,终擒蚩尤而诛之。黄帝被诸侯尊为天子,取代炎

帝，成为天下的共主。轩辕氏因有土德之瑞，故称为"黄帝"。

不久，天下又出现骚乱。黄帝知道蚩尤的声威还在，于是画了蚩尤的像到处悬挂。天下的人都以为蚩尤未死，只是被黄帝降服，更多的部落都来归附。后来，蚩尤被尊为战神。炎帝虽然被蚩尤打败，实力尚存。他不满黄帝成为天下共主，企图夺回失去的地位，终于起兵反抗。炎、黄二帝在阪泉之野决战。经过三场恶战，黄帝得胜，黄帝天下共主的地位最终确立，凡是不顺从的部落，他都以天子的身份去加以讨伐。

黄帝在位时间很久，国势强盛，政治安定，文化进步，有许多发明和制作，如文字、音乐、历法、宫室、舟车、衣裳和指南车等。

黄帝与炎帝都被看作华夏民族的始祖，故中国人有时自称"炎黄子孙"。传说中黄帝的正妃是嫘祖，次妃为方雷氏、彤鱼氏和嫫母。《史记》记载，黄帝二十五子，得其姓者十四人。颛顼、帝喾、唐尧、虞舜，以及夏朝、商朝、周朝的君主都是黄帝的子孙，因此黄帝被奉为中华民族的共同始祖。

知识小百科

黄帝陵

黄帝陵位于陕西省黄陵县城北桥山,是中华民族始祖黄帝轩辕氏的陵墓。相传黄帝得道升天,故此陵墓为衣冠冢。1961年,国务院公布为全国第一批重点文物保护单位,编为"古墓葬第一号",号称"天下第一陵"。黄帝陵古称"桥陵",为中国历代帝王和名人祭祀黄帝的场所。据记载,祭祀黄帝始于秦灵公三年(公元前422年)。自唐大历五年(770年)建庙祀典以来,一直是历代王朝举行国家大祭的场所。陵区历经多次修复,最近的一次整修自1993年开始,为此成立了黄帝陵基金会以筹措资金,工程分两期实施,第一期工程2001年8月竣工。2004年开始每年在黄帝陵举行国家公祭。

轩辕桥

黄帝陵广场北端为轩辕桥,宽8.6米,长66米,高6.15米。全桥共9跨,石梁121根,桥面设护栏。栏板上均雕有古典图案花纹。全桥均采用花岩石料砌成,显得粗犷古朴。轩辕桥下及其左右水面占地约300余亩,蓄水量可达46万平方米。桥山古柏,倒映水中,与白云蓝天交相辉映,为黄帝陵平添了无限灵气。

轩辕桥北端为龙尾道,共设95级台阶,象征黄帝"九五之尊"、至高无上的寓意。由龙尾道向上即登临庙院山门,山门为5间廊庑式花岗建筑,显得格外庄严雄伟。

入庙院山门,首先映入眼帘的是轩辕手植柏,相传为轩辕黄帝亲手所植。此柏高19米,树干下围10米,中围6米,上围2米,树枝苍劲,柏叶青翠。

八、黄帝战蚩尤

蚩尤是勇猛异常的神话人物。他有72个兄弟，个个都是铜头铁额，头上生有尖利的角，耳边长有剑一般的毛发，以沙石、铁块为食，善于制造各种锋利的兵器，具有无比巨大的神力。黄帝和蚩尤之间爆发了一场大战。蚩尤发动自己的兄弟和南方部族以及山林水泽间的怪神，杀向黄帝所在地涿鹿。黄帝调动四方鬼神、各种野兽及中原一些部族迎战。战斗异常激烈，蚩尤变幻多端，呼风唤雨，喷烟吐雾，把黄帝军队团团围在大雾之中。直到黄帝的臣子风后制作了指南车，黄帝军队才冲出大雾的包围。后来，黄帝请来应龙，企图以大雨淹死敌人。蚩尤也请来风伯、雨师，刮起一场更猛烈的大风雨，使黄帝军队四散溃逃。黄帝又叫他的女儿魃上阵参战，暴雨刹那间消失，应龙等伺机扑杀过来，使蚩尤受挫。黄帝又用神兽夔的皮制成一面大鼓，用雷神的骨头作槌。鼓声惊天动地，500里外也能听到，蚩尤军队丧魂落魄。黄帝又布列了变化莫测的阵图，把蚩尤军队重重包围起来，蚩尤兵败，被杀死于涿鹿。他手、脚上的枷铐被抛掷后化为一片颜色鲜红的枫林，那是蚩尤斑斑的血迹。又说他被杀于冀州中部，身首异处，因而叫"解"，就是后来山西的解县。

九、天神少昊

少昊，己姓，一说嬴姓，名挚，号"金天氏"，又号"青阳氏"，又称"朱帝""白帝""西皇""穷桑氏""空桑氏"，是中国古代神话中的西方天神。少昊在位84年，寿百岁崩，其后代郯国国君尊为高祖，后人尊为

祖先神帝。少昊之所以被称为"穷桑氏",是因为少昊的母亲皇娥(天山仙女)在天上织布,在筋疲力尽的时候,常常到西海之滨的一棵大桑树下休憩玩耍。也正是在这棵树下面,她认识了太白金星。二人一见钟情,后来生有少昊。

少昊诞生时,天空有五只凤凰,颜色各异,是按五方的颜色红、黄、青、白、玄而生成的,飞落在少昊氏的院里,因此他又被称为"凤鸟氏"。少昊开始以玄鸟(燕子)作为本部的图腾,后在穷桑即大联盟首领位时,有凤鸟飞来,大喜,于是改以凤鸟为族神,崇拜凤鸟图腾。不久迁都曲阜,所辖部族以鸟为名,有凤鸟氏、玄鸟氏、青鸟氏等共24个氏族,形成一个庞大的以凤鸟为图腾的完整的氏族部落社会。

少昊成为本氏族的首领,后又成为整个东夷部落的首领。他先在东海之滨建立了一个国家,并且制定了一套奇异的制度:以各种各样的鸟儿作为文武百官。具体的分工则是根据不同鸟类的特点来进行。凤凰总管百鸟,然后再由燕子掌管春天,伯劳掌管夏天,鹦雀掌管秋天,锦鸡掌管冬天。除此之外,他又派了五种鸟来管理日常事务。孝顺的鹁鸪掌管教育,凶猛的鸷鸟掌管军事,公平的布谷掌管建筑,威严的雄鹰掌管法律,善辩的斑鸠掌管言论。另外,有九种扈鸟掌管农业,五种野鸡分别掌管木工、漆工、陶工、染工、皮工五

个工种。一句话，各种各样的鸟儿都鸟尽其材，物尽其用，各司其职，协调活动。因此，一到开会的时间，百鸟齐鸣，莺歌燕语，嘈嘈杂杂。一国之君少昊根据诸鸟的汇报来论功行赏，论过行罚，一切都显得井井有条。百鸟无不感激少昊的慈爱和德政，无不佩服少昊的智慧和才华。

少昊为了百鸟之国更加兴旺发达，让年幼聪敏、很有才干的侄儿颛顼帮助料理朝政。颛顼不负众望，干得很出色，深得叔父的赏识。少昊见侄子常常累得脸上挂着汗珠，于心不忍，就将父亲传下来的那张琴搬出来，手把手教颛顼弹奏，以便侄子提神和娱乐。

颛顼聪慧好学，很快就成为抚琴高手。他的精湛琴艺赢得了百鸟的齐声喝彩，自然而然地超过了叔父少昊。几年后，颛顼长大成人，便回到自己的国家，最后他成了北方的天帝。颛顼一离开，少昊便觉得空荡荡的。每当看到那架琴，就给他增添思念和烦恼。于是，他便拿起琴扔进了东海。从此，每当更深夜静、月朗星稀的时候，那平静的海面便飘荡着婉转悠扬、凄凄切切的琴声，让人流连忘返，惊叹不已。

知识小百科

俞伯牙与钟子期

在春秋时期，楚国有一位著名的音乐家，他的名字叫俞伯牙。俞伯牙非常聪明，天赋极高，又很喜欢音乐，他拜当时很有名气的琴师成连为师。

学习了三年，俞伯牙琴艺大长，成了当地有名气的琴师。但是俞伯牙常常感到苦恼，因为在艺术上还达不到更高的境界。俞伯牙的老师成连知道了他的心思后，便对他说："我已经把自己的全部技艺都教给了你，而且你学习得很好。至于音乐的感受力、悟性方面，我自己也没学好。我的老师方子春是一代宗师，他琴艺高超，对音乐有独特的感受力。他现住在东海的一个岛上，我带你去拜见他，你跟他继续深造好吗？"俞伯牙闻听大喜，连声说好！他们准备了充足的食物，乘船往东海进发。一天，船行至东海的蓬莱山，成连对俞伯牙说："你先在蓬莱山稍候，我去接老师，马上就回来。"说完，成连划船离开了。过了许多天，成连都没回来，俞伯牙很伤心。他抬头望着波涛汹涌的大海，又回首望向岛内，山林一片寂静，只有鸟儿在啼鸣，像在唱忧伤的歌。俞伯牙不禁触景生情，有感而发，仰天长叹，即兴弹了一首曲子，曲中充满了忧伤之情。从这时起，俞伯牙的琴艺大长。其实，成连是让俞伯牙独自在大自然中寻求一种感受。俞伯牙身处孤岛，整日与海为伴，与树林、飞鸟为伍，陶冶了心灵，真正体会到了艺术的本质，创作出了真正的传世之作，也成为一代杰出的琴师，但真正能听懂他曲子的人却不多。

有一次，俞伯牙乘船沿江旅游。船行到一座高山旁时，突然下起了大雨，船停在山边避雨。俞伯牙耳听淅沥的雨声，眼望雨打江面的生动景象，琴兴大发。俞伯牙正弹到兴头上，突然感到琴弦上有异样的颤抖，感应到附近有人在听琴。他走出船外，果然看见岸上树林边坐着一个打柴人。

俞伯牙把打柴人请到船上，两人互通了姓名，这个打柴人名叫钟子期。俞伯牙说："我为你弹一首曲子听好吗？"钟子期立即表示洗耳恭听。俞伯牙即兴弹了一曲《高山》，钟子期赞叹道："多么巍峨的高山啊！"俞伯牙又弹了一曲《流水》，钟子期称赞道："多么浩荡的江水啊！"俞伯牙又佩服又激动，对钟子期说："这个世界上只有你才懂得我的心声，你真是我的知音啊！"于是两个人结拜为生死之交。

俞伯牙与钟子期约定，待周游完毕要前往他家去拜访他。后来，俞伯牙如约前往钟子期家拜访他，但是钟子期已经因病去世了。俞伯牙闻听悲恸欲绝，到钟子期墓前为他弹奏了一首充满怀念和悲伤的曲子，然后站立起来，将自己珍贵的琴砸碎于钟子期的墓前。从此，俞伯牙与琴绝缘，再也没有弹过琴。

——傅璇琮主编，泰山出版社《古代神话》.2012年

十、天帝颛顼

相传颛顼是黄帝的孙子，是九黎族的首领。父亲是昌意（黄帝与嫘祖的次子），封于若水，娶蜀山氏之女昌仆为妻，生颛顼。颛顼性格深沉而有谋略。黄帝死后，因颛顼有圣德，立为帝，那年他20岁。其在位期间严于律己，是一位万民诚服的帝王。颛顼所居玄宫为北方之宫，北方色黑，五行属水，因此，又称"玄帝"。颛顼帝以帝丘为都城，以句芒为木正、蓐收为金正、祝融为火正、玄冥为水正、句龙为土正，合称"五官"。颛顼在位期间创制九州，使中国首次有了版图界线；建立统治机构，定婚姻，制嫁娶，讲究男女有别，长幼有序；针对巫术盛行之风，下令民间禁绝巫教；改革甲历，定下四季和二十四节气，后人拥戴他为"历宗"。

传说内黄西南一带有个黄水怪，经常口吐黄水淹没农田、冲毁房屋。颛顼听说后就决心降服它。可黄水怪神通广大，二人激战九九八十一天不分胜败。颛顼便上天求女娲帮忙。女娲借来天王宝剑交给颛顼并教他使用方法。颛顼用天王宝剑打败了黄水怪。为了给人间造福，他用天王宝剑把大沙岗变成了一座山，取名"付山"，又用剑在山旁划了一道河，取名"硝河"。从此这里有山有水，林茂粮丰，人们过上了好日子。

知识小百科

中国古代神话中的"天梯"

天梯,顾名思义就是地上之人通往天国的阶梯。颛顼帝之前,天和地相距并不遥远,还有道路可以从地面到达天庭或者从天庭来到地面,这就是最初的"天梯"。天梯主要有山和树木两类。

1. 山

以高山为天梯,《山海经》中记载的就有昆仑山、肇山、登葆山、灵山,其中,最著名的自然是伏羲和女娲所住的昆仑山。

①昆仑山。

《淮南子·地形训》中说:"昆仑之丘,或上倍之,是谓凉风之山,登之而不死;或上倍之,是谓悬圃,登之乃灵,能使风雨;或上倍之,乃维上天,登上乃神,是谓太帝之居。"这一段把从昆仑山登天的过程,讲述得非常详细。

②肇山。

《山海经·大荒西经》中记载:"华山青水之东,有山名曰肇山。有人名曰柏高,柏高上下于此,至于天。"

③登葆山。

《山海经·海外西经》说它是"群巫所从上下也"。这些巫人上下天庭,大概是向民众传达神意吧。

2. 树木

除了上述作为天梯的山之外,还有树木作为天梯的,目前确知的是建木。以树为天梯,古籍可考者,有《山海经》的《海内南经》《海内经》等。

传说,建木生于天地之中,高百仞,众神缘之上天。据《山海经》的记载,传说伏羲能缘天梯建木以登天。

《山海经·海内经》中记载:"有木,青叶紫茎,玄华黄实,名曰建木,百仞无枝,有九欘,下有九枸,其实如麻,其叶如芒,大皞爰过,黄帝所为。"

《山海经·海内南经》记载:"有木,其状如牛,引之有皮,若缨、黄蛇。其叶如罗,其实如栾,其木若蓲,其名曰建木。在窫窳西弱水上。"

《淮南子·地形训》亦曰:"建木在都广,众帝所自上下,日中无景,呼而无响,盖天地之中也。"

《吕氏春秋·有始》说:"白民之南,建木之下,日中无影,呼而无响,盖天地之中也。"

也就是说,这种称为"建木"的树乃通天之树。它生长在都广之野,据说是天地的中心。到了中午,太阳照在树顶上,连一点影子也看不见;站在这里大吼一声,声音很快消失在虚空中。从古籍的描述中,可知这种树形状十分奇怪:树干笔直地伸入云霄,两旁不生枝条,只在树的顶端,生了一些弯弯曲曲的树枝,盘绕起来像伞盖。拉它的树干,就会有扯不断的树皮掉下来,像缨带,又像黄蛇。唐代卢照邻的《病梨树赋》中说:"建木耸灵邱之上,蟠桃生巨海之侧。"

天梯具有勾连天人的特殊作用,但并不是所有神话里的通天大树都有完整的天梯功能,"扶桑"就是如此。扶桑树位于"汤谷",即日出之地,故这里的水都是沸腾的,所以才叫"汤谷"。种树扶桑高达数千丈,"上至于天",粗达2000余围,因为此树是两棵同根偶生,相互依扶,故名"扶桑"。它的根部盘旋下屈,直通地中的"三泉"。这还是已经缩小了的形象,在《山海经》中,扶桑作为太阳借以上升的阶梯,主干竟达300里之高!它虽大却不具有勾连天人、可上可下的功能。它的天梯功能是有限的、隐义的。

在中国南方少数民族中也流传着不同的天梯神话。比如,壮族流传的《卜伯的故事》中说:过去天地是可以上下的,后来雷王为了防范卜伯,把天升高起来,只留巴赤山上的日月树作为天梯沟通天上地下。布依族古歌《辟地撑天》中说:地上人用大楠竹把天地连接起来,顺着它可以登天。这里的日月树、大楠竹都起天梯的作用。水族流传

> 的《月亮山》的故事中说：水族山乡有座高高的月亮山，顺着这座山可以爬到天上，引得天女到人间。
>
> ——傅璇琮主编，泰山出版社《古代神话》. 2012年

十一、帝喾高辛

帝喾，名俊，号"高辛"，是黄帝曾孙，玄嚣孙子，父亲叫蟜极，颛顼是他的堂房伯父。相传帝喾生于穷桑（西海之滨），其母因踏巨人足迹而生。帝喾少小聪明好学，十二三岁便有盛名，15岁而佐颛顼，封有辛地方（今河南商丘），实住帝丘（今河南濮阳），30岁时，代颛顼为帝，都于亳。因他兴起于高辛，史称之为"高辛氏"。他在位70年，享寿百岁，死后葬于濮阳顿丘城南台阴野之秋山。

传说帝喾有四妃，长妃叫姜嫄，是有邰国（今陕西武功县）国君的女儿。相传姜嫄在娘家时，因外出踏上巨人脚印而怀孕，因无夫生子，所以把生下的孩子三次弃于深巷、荒林与寒冰上，均得牛羊虎豹百鸟保护不死，所以起名叫"弃"。弃长大后喜欢农艺，教人种五谷，被尊为"后稷"，成为周民族的祖先。次妃简狄，是有松国（今甘肃高台县）国君的女儿。相传简狄在娘家与其妹在春分时到玄池温泉洗浴，有燕子飞过，留下一卵，被简狄吞吃，后怀孕生契，便是商族的祖先。三妃庆都，相传她是大帝的女儿，生于斗维之野（大概在今天津蓟州区），被陈锋氏妇人收养，陈锋氏死后又被尹长孺收养。

后庆都随养父尹长孺到今濮阳来。因庆都头上始终覆盖一朵黄云，被认为奇女，帝喾母闻之，劝帝喾纳为妃，后生尧。现濮阳有庆祖，原名叫"庆都"，立有庆都庙，此地名是否与庆都来濮阳有关，未见史书记载。四妃常仪，聪明美丽，发长垂足，先生一女叫"帝女"，后生一子叫"挚"。挚与尧都继承了王位，做了帝王。

帝喾非常喜爱音乐，他叫乐师咸黑制作了《九招》《六列》《六英》等歌曲，又命乐垂做鼙鼓、钟、磬等乐器，让64名舞女，穿着五彩衣裳，随歌跳舞。在音乐起鸣之后，凤凰、大翟等名贵仙鸟也都云集殿堂，翩跹起舞。古时认为，只有德行高尚的人才能招来凤凰。

帝喾好巡游，他东到泰山、东海，东北至辽宁，北到涿鹿、恒山、太原，西北至宁夏、甘肃，西南至四川，南到湖北、湖南。他几乎游遍五岳，参观了女娲、少昊、黄帝等遗迹。这些传说虽不一定是真的，但略见当时中国地域之辽阔。

知识小百科

帝喾陵的传说

河南商丘古城南50里，有一个以帝喾王高辛氏出生地的名字命名的集镇——高辛镇。镇西北不远处，有一座高大的坟茔，这就是帝喾王高辛氏墓。

传说，高辛氏姓姬名喾，聪明多智，颛顼就请姬喾帮助他出点子。姬喾说："九个国家齐来攻打我们，我们如果跟他们硬打硬拼，必然顾此失彼，难以取胜。"颛顼说："以你之见呢？"姬喾说："九国敌人都想独吞我们的地盘，他们彼此之间必然互不相让。我们若能叫他们互相打起来，不就好平灭了吗？"颛顼一想：对呀！姬喾想的这个办法就是好。于是派人分别到九国敌人中挑拨他们的关系，很快使他们彼此发起了战争。后来颛顼没费多大力气，就平灭了九国之乱。颛顼看姬喾有能耐，就把他封在"辛"这个地方掌管一切事务。那时,这儿经常闹水灾,水来了,老百姓就往另一个地方迁徙。而迁徙去的地方又闹了水灾,老百姓便又迁回来。这样迁来迁去,老是不能安居乐业。姬夋想了一个办法:带领大家把住处的地势加高。但是加高的速度却赶不上水涨的速度,头天加高的,第二天又被水淹没了。夜里,姬夋睡不着,便跑到天上跟玉皇辩理,说:"天既然生了人,为什么又故意与人为难,不叫人活下去呢?"玉皇辩不过他,便派天神下来,一下子把"辛"这个地方的地势抬高到了水面以上。这儿的老百姓再也不被洪水赶得乱跑了。从此"辛"便称为"高辛",姬夋便被称为"高辛氏"。

颛顼见高辛氏的确才高智广,能给人民办好事,就把自己的皇位让给了他。从此,高辛氏代替颛顼做了天子,号"帝夋王"。因为帝夋王对人民仁爱,所以人民都敬重他。他死后被葬在高辛这片土地上,这便是帝夋陵的由来。

十二、尧、舜二帝

传说黄帝之后,先后出了三个很出名的部落联盟首领,名叫尧、舜和禹。他们原来都是一个部落的首领,后来被推选为部落联盟的首领。

那时候,做部落联盟首领的,有什么大事,都要找各部落首领一起商量。尧年纪大了,想找一个继承他职位的人。有一次,他召集四方部落首领来商议。尧说出他的打算后,有个名叫放齐的人说:"你的儿子丹朱是个开明的人,继承你的位子正合适。"尧严肃地说:"不行,这小子品德不好,专爱跟人争吵。"另一个叫灌兜的说:"管水利的共工,工作做得挺不错。"尧摇摇头说:"共工能说会道,表面恭谨,心里另是一套。用这号人,我不放心。"

这次讨论没有结果,尧继续物色他的继承人。有一次,他又把四方部落首领找来商量,要大家推荐。到会的一致推荐舜。尧点点头说:"哦!我也听说这个人挺好。你们能不能把他的事迹详细说说?"

于是,大家便讲述了舜的情况。舜,名"玄景"或"重明"或"重华",黄帝的八世孙。因生于姚地(今河南范县),以地取氏为姚。舜的父亲是个糊涂透顶的人,人们叫他瞽叟。舜的生母早死了,后母很坏。后母生的弟弟名叫象,傲慢得没法说,瞽叟却很宠他。舜虽然生活在这样一个家庭里,但待他的父母、弟弟挺好。所以,大家认为舜是个德行好的人。

尧听了挺高兴,决定先考察一下舜。尧把自己两个女儿娥皇、女英嫁给舜,还替舜筑了粮仓,分给他很多牛羊。那后母和弟弟见了,又是羡慕,又是妒忌,和瞽叟一起用计,几次三番想暗害舜。

有一回,瞽叟叫舜修补粮仓的顶。当舜用梯子爬上仓顶的时候,瞽叟就在下面放起火来,想把舜烧死。舜在仓顶上一见起火,想找梯子,梯子已

第二章 创世神话 / 45

经不知去向。幸好舜随身带着两顶遮太阳用的笠帽。他双手拿着笠帽，像鸟张翅膀一样跳下来。笠帽随风飘荡，舜轻轻地落在地上，一点也没受伤。

瞽叟和象并不甘心，他们又叫舜去淘井。舜跳进井里后，瞽叟和象就把一块块土石丢下去，把井填没，想把舜活埋在里面。没想到舜下井后，在井边掘了一个孔道，钻了出来，又安全地回家了。象不知道舜早已脱险，得意扬扬地回到家里，跟瞽叟说："这一回哥哥准死了，这个妙计是我想出来的，现在我们可以把哥哥的财产分一分了。"说完，他向舜住的屋子走去。哪知道，他一进屋子，舜正坐在床边弹琴呢。象心里暗暗吃惊，很不好意思地说："哎，我多么想念你呀！"舜也装作若无其事，说："你来得正好，我的事情多，正需要你帮助我来料理呢。"之后，舜还是像过去一样和和气气地对待他的父母和弟弟，瞽叟和象再也不敢暗害舜了。

尧听了大家介绍的舜的事迹，又经过考察，认为舜确实是个品德好又挺能干的人，就把首领的位子让给了舜。这种让位，历史上称作"禅让"。其实，在氏族公社时期，部落首领老了，用选举的办法推选新的首领，并不是什么稀罕事儿。

舜接位后，既勤劳又俭朴，跟老百姓一样劳动，受到大家的信任。过了几年，尧死了，舜想把部落联盟首领的位子让给尧的儿子丹朱，但是大家都不赞成，舜才正式当上了首领。

十三、姜嫄生稷

后稷是周朝的祖先，名字叫弃，他的母亲原来是有邰氏族的姑娘，叫姜嫄，姜嫄是帝喾的第一个妻子。周文王是后稷的十五代孙。

有一天，姜嫄氏出门到野外，看见路上有一个很大的脚印，心里感到很高兴，就想用脚踩上去。谁知刚一踩上去，就觉得自己的身体受到一阵触动，好像是怀孕了。等到临产的日期一到，果然生下一个儿子，她觉得奇怪，以为不吉利，于是就把这个刚生下的孩子丢在一条狭窄的小巷子里。可是那些从这条小巷子里走过的马啊牛啊，经过孩子身边时，都避开他，不踩也不碰。她只好又把他丢到荒林中去，可是碰巧荒林里有很多人。没办法，她又把他抱走，丢在结成冰的水渠上。想不到，这时从天上飞来一群鸟,它们用翅膀给孩子垫在冰上,并且还盖住他的身体。看到孩子经过这么多磨难不但没死,还发生了那么多奇怪的事,姜嫄认为他很不平常,于是就抚养他长大成人。因为一开始曾打算丢弃他,所以给他起了个名,叫"弃"。

弃还是个小孩子的时候,就想着长大了要做个有作为的人。他在做游戏的时候,就喜欢种麻、种豆,而且都生长得很好。等到弃长大成人以后,他就喜欢耕种。他很有经验,会看土地,知道什么样的土地适合种什么东西。适合种谷子的土地就播种谷子,到成熟的时候就去收割。各地的老百姓全都跟着他学种庄稼。当时的帝王尧听说了这件事,就选派他做管理农业生产的官。这样,各地都重视农业,学习耕种,取得了很好的效果。后来舜接替尧做了帝王,他对弃说:"弃啊,老百姓一开始吃不饱、饿肚子,从这以后,谷神稷才播谷子、种庄稼,老百姓才没有被饿死。"由于弃教人们种庄稼有功劳,帝王就封他在有邰这个地方做官,称他为"后稷"。他就是农业官或者农艺师,另外以"姬"作

第二章 创世神话 / 47

为姓。人们尊他为五谷神或稷神，是社稷的供奉神。全国各地均有他的庙宇，保留完好的可能要数后稷故里稷山县的稷王庙了。

十四、玄鸟生契

远古时候，有松国的国君有两个女儿，大女儿叫简狄，小女儿叫建疵，两人都长得非常美丽。她们住在九重高的瑶台上，每到进餐时，就有人在旁边敲鼓作乐。有一天，帝喾打发一只燕子去看简狄她们，燕子飞到她们面前，回旋着，鸣叫着，一时惹得她们都争着去捕捉这只燕子。燕子终于被她们用玉筐盖在了里面。过了一会儿，她们打开玉筐查看，燕子从玉筐里飞逃出来，里面遗留下两颗鸟蛋。简狄和建疵失望地唱着说："燕燕飞去了！燕燕飞去了！"之后，简狄吞食了两颗鸟蛋，晚上就觉得身体不舒服。大夫诊断结果是简狄没有生病，而是有了身孕。

简狄受孕后不久，帝喾来拜访有松国的国君。得知简狄因玄鸟而受孕后，帝喾二话没说，当即表示愿意娶简狄为妻。帝喾对有松国的国君说："简狄受孕是神的旨意，她肚里的孩子必将不同凡响，如果您不嫌弃，就将您的女儿嫁给我，让我做孩子的父亲吧！"有松国的国君当即答应了这门婚事。足月后，她为帝喾生下了一个男孩，名叫契。契长大后帮助禹治洪水，建立了功劳，帝舜就任命他当管理教育的司徒，把商这块地方封给他，还赐他姓子氏，也就是燕氏，意思是说这个民族的祖先是燕子诞生的。商部族由此发展起来。在商部族的发展中，他们经历了一个不断迁徙的过程，从契到成汤，共传14代，迁都了8次。

第三章

英雄神话

一、鲧、禹治水

洪水泛滥不停地涨，差不多要涨到天上了。鲧不忍心看到大地被洪水淹没，没有得到天帝的同意，就偷了天帝的息壤（能够不停地生长的土），拿去堵塞洪水。天帝知道后很生气，就命令火神祝融把鲧杀死在羽山的郊外。这时，鲧从肚子里生出了他的儿子——禹。那时候洪水滔天，大地上一片汪洋，人们没有居住的地方，有的在山上找洞窟藏身，有的在树上学鸟雀做窝巢，飞禽走兽还要和可怜的人类争夺地盘和食物。禹受了天帝的任命，便带了助手应龙，去挽救人类，治理洪水。禹先率领天下群神赶走了兴风作浪的水神共工，随后叫一只大黑龟把息壤驮在背上，跟着自己。这息壤是一种神土，只要放在地上就会不断生长，积成山堆，禹一路上用它填平深渊。应龙也在前面开路，用尾巴划地。禹让人们在应龙尾巴划过的地方挖掘河道，把洪水引导到江海。到了桐柏山，禹又设法擒服水怪无支祁。无支祁的外形像猿猴，却力大胜过九只大象，整日横蹦竖跳，没一刻安静，使得那个地方总是刮风打雷。禹拿大铁锁锁住无支祁的脖子，把它压在龟山下面。禹因为治水非常繁忙，没有一点空闲，三次路过自己家门口都没有进去。经过许多艰难和困苦，禹终于治好了洪水。

鲧与禹前赴后继、百折不挠、敢于抗争的精神和可歌可泣的治水神话流传至今，被后人反复传唱。在浙江绍兴南郊建有楼宇巍峨的大禹庙，以纪念他的功绩。

知识小百科

禹凿龙门

传说禹是一位巨人，他身材魁梧，像一座高山，头戴的斗笠像巍峨的峰顶。他人大、手大，力气更大，一步能跨二里半，因此人们称他为"大禹"。

大禹带领万民挑走了积石山的乱石，疏川浚河，经历千辛万苦，排除千难万险，终于来到龙门山。龙门山像屋脊一样横亘绵延，挡住了黄河的去路。大禹登上山顶，看到了他的父亲鲧错开河道的遗迹，又看到无边无际的洪水淹没了山脚下广大的农田，便决心开凿龙门，让滔滔的河水从龙门奔流而过。大禹在龙门山相公坪召集能工巧匠商议开凿龙门之事，大家纷纷赞成大禹的主张。

大禹一声令下，大家挥舞石斧、石刀、骨铲、木耒，齐心协力，开山凿石。大禹身先士卒，奋力大干。他足踩之处，立即下陷，手到之处，坚石变软。他们辛辛苦苦挖了一天，好不容易挖了个大缺口，想不到隔了一夜，第二天又长平了。大家并不气馁，继续狠挖。第二天挖的缺口既宽又深，但第三天又长平了。一连几天都是这样，大禹只好暂时停工，打算向附近居住的百姓了解情况。

这天，大禹刚刚回到相公坪，迎面走来了一个身穿黄布袍的老人。大禹向老人深施一礼，问道："请问老者，这龙门山为什么挖了又能长平呢？"老人神秘地向脚下一指，说："此山乃龙门山也。"老人把"龙"字咬得特别重。大禹听了恍然大悟，原来这阻挡黄河入海的大山是一条巨龙。大禹刚要拜谢，那老人却不见踪影了。大禹这才知道刚才那老人是山神爷。

大禹又召集臣民，说明真情，发动大家不分昼夜，不避风雨，连续不停地开凿，不让巨龙有一分一秒的喘息机会。这样一来，巨龙终于被拦腰斩断了，黄河之水像久困的猛兽一样，冲出石门，浩浩荡荡，一泻千里。从此，黄河流域的百姓才得以安居乐业。

龙门山黄河古道两侧刀劈斧削般的石崖就像两扇石门，大禹给它取名"龙门"。后人为永记大禹凿龙门的功绩，管它叫"禹门"。禹门口河心巨石上的坑坑洼洼，据说就是当年大禹凿龙门的遗迹。

二、共工怒触不周山

水神共工是炎帝的后裔，与黄帝家族本来就矛盾重重。颛顼接掌统治权后，由于各类自然灾害频发，人民生活民不聊生，以至于天上人间，怨声鼎沸。共工见时机成熟，约集心怀不满的天神们，决心推翻颛顼的统治，夺取主宰神位。反叛的诸神推选共工为盟主，组建成一支军队，轻骑短刃，突袭天国京都。

帝颛顼闻变，倒也不甚惊慌，他一边点燃72座烽火台，召四方诸侯疾速支援；一边点齐护卫京畿的兵马，亲自挂帅，前去迎战。

一场酷烈的战斗展开了，两股人马从天上厮杀到凡界，再从凡界厮杀到天上。几个来回过去，颛顼的部众越杀越多，人身虎尾的泰逢驾万道祥光由和山赶至，龙头人身的计蒙挟疾风骤雨由光山赶至，长着两个蜂窝脑袋的骄虫领毒蜂、毒蝎由平逢山赶至。共工的部众却越杀越

少，柜比的脖子被砍得只剩一层皮相连，披头散发，一条断臂也不知丢到哪儿去了，王子夜的双手双脚、头颅胸腹甚至牙齿全被砍断，七零八落地散了一地。

共工辗转杀到西北方的不周山下，身边仅剩十三骑。他举目望去，不周山奇崛突兀，顶天立地，挡住了去路。他知道，此山其实是一根撑天的巨柱，是颛顼维持其统治的主要依靠之一。身后，喊杀声、劝降声接连传来，天罗地网已经布成。共工在绝望中发出了愤怒的呐喊，他一个狮子甩头，朝不周山拼命撞去，只听得轰隆隆一阵巨响，那撑天拄地的不周山竟被他拦腰撞断，横塌下来。

天柱既经折断，整个宇宙便随之发生了大变动：西北的天穹失去撑持而向下倾斜，使拴系在北方天顶的太阳、月亮和星星在原来位置上再也站不住脚，身不由己地挣脱束缚，朝低斜的西天滑去，成就了我们今天所看见的日月星辰的运行线路，解除了当时人们所遭受的白昼永是白昼、黑夜永是黑夜的困苦。另外，悬吊大地东南角的巨绳被剧烈的震动崩断了，东南大地塌陷下去，成就了我们今天所看见的西北高、东南低的地势和江河东流、百川归海的情景。

古书记载，不周山下，有两头像老虎一样的野兽看守。有一条发源自山上的河流叫寒暑水，一半冷一半热。河流的西边有湿山，河流的东边有幕山。

人们为了纪念共工，曾在大荒北野和北方海外各修建了一座台，叫作"共工台"。大荒北野的共工台，在系昆山上，黄帝的女儿天女旱魃曾经在这里住过。北方海外的共工台，在禹杀相柳的东边、深目国的西边，台是四方形的，每个角落都有一条蛇守卫在那里，蛇头冲向南方。两座台都位居北方，凡是射箭的人都不敢朝着北方射，因为害怕共工的威严。在共工氏死后，人们奉他为水师（司水利之神），他的儿子后土被人们奉为社神（土地神）。

知识小百科

水神共工

传说共工为神农氏的后代,属于炎帝一族,黄帝时任水官,为西北的洪水之神。史书云:"共工,人面,蛇身,朱发。"其活动中心应在黄河中游,近伊、洛流域。他与黄帝族的颛顼发生战争,不胜,怒而头触不周山,使天地为之倾斜。后为颛顼诛灭。此外还有一说,谓共工是尧的大臣,与驩兜、三苗、鲧并称"四凶",被尧流放于幽州。《尚书·尧典》中说:"流共工于幽州,放欢兜于崇山,窜三苗于三危,殛鲧于羽山,四罪而天下咸服。"《山海经·海内经》中说:"炎帝之妻、赤水之子听訞生炎居,炎居生节并,节并生戏器,戏器生祝融。祝融降处于江水,生共工。"《淮南子·天文训》中说:"昔者共工与颛顼争为帝,怒而触不周之山,天柱折,地维绝。天倾西北,故日月星辰移焉;地不满东南,故水潦尘埃归焉。"

除去神话,共工是在"三皇五帝"中颛顼时代一个比较强大的部族的首领,活动在今河南辉县一带。黄河经常泛滥威胁到了部落的生存,共工率领大家与洪水英勇搏斗,他们采取"堵"而不是"疏"的办法来治水,未能根治洪水,但是发明了筑堤蓄水的方法,为后人治水积累了经验。共工是我国最早的治水英雄,被后世尊为水神。共工治水表现出来的永不言败的精神,是中华民族宝贵的精神财富。共工与颛顼争夺帝位的故事,后被演绎成"怒而触不周之山"的神话。

共工之子后土

最早的土地神是后土。"后"的本义是君长的意思,所以后土意谓土地之长、土地之君,其实并非土地神的名字,而只是土地神的泛称而已。据说最早担任后土或土地神之职的是共工的儿子句龙。共工为人头龙身,作为土地神的句龙自然也是龙身。禹也曾担任后土一职,禹治水,平九州,实乃大地的奠定者。

后土用得多了,就逐渐演变为土地神的名字,而句龙、禹等后土之神反倒被忘记了,后土于是演变为一个具体的神。由于在古人的观念中,天属阳,地属阴,而阳为男,阴为女,因此后来后土逐渐变成了女性,民间称之为后土娘娘,后土庙中的神像也为女像。

由于人死后葬于土,所以土地之神又负责阴间的事情,因此,后土自古就有管理冥间的职责。后来各地的土地爷、土地公仍继承了这个功能。所以人死后,都要到土地庙向土地爷、土地公报到。

三、夸父逐日

身材高大的夸父,立下宏愿,决心去追赶太阳,做出一番惊天动地的事业来。夸父耳朵上挂着两条黄蛇,手里也握着两条黄蛇,随身还携带着一根手杖。一天,太阳升起了,他迈开大步追去,一直追到禺谷(传说禺谷是太阳休息的地方,太阳西落到这里洗浴后,就在巨大无比的若木上休息,到了第二天再升起来)。这时只见一个巨大红亮的火球就在眼前,夸父已进入太阳的光轮,完全处在光明的包围中了。当他正在庆幸自己的胜利时,他感到极度口渴。于是他伏下身子大口大口地喝黄河、渭水里的水,几下就把两条河里的水喝干了,可还是口渴难忍。他又向北方奔去,想去喝大泽的水,大泽是一片纵横千里的水域。可是夸父还没有到达目的地就死了,像一座大山一样倒了下来。手杖丢落的地方,出现了一片枝叶繁茂、鲜果累累的桃林。

河南、陕西两省交界处的灵宝市东南，有一座夸父山，传说是夸父留在人间的遗迹。山的背面，有一座好几百里宽的桃树林。湖南也有一座夸父山，传说山上有夸父架锅的三块巨石。

四、刑天舞干戚

刑天又作"形天"，是"上古十大魔神"之一，也是《山海经》里提到的一位无头巨人，原是炎帝的手下。他生平酷爱音乐，曾为炎帝作乐曲《扶犁》，作诗歌《丰收》，总名称为《卜谋》，以歌颂当时人们幸福快乐的生活。自炎帝在阪泉之战被黄帝打败之后，刑天便跟随在炎帝身边，定居在南方。虽然炎帝忍气吞声，不敢和黄帝抗争，但他的子孙和手下却不服气。当蚩尤举兵反抗黄帝的时候，刑天曾想去参加那场战争，只是因为炎帝坚决阻止而没有成行。当时，蚩尤起兵复仇，却被黄帝击败，身首异处，刑天一怒之下便手拿着利斧，杀到天庭上的南天门外，指名要与黄帝单挑独斗。刑天左手握着长方形的盾牌，右手拿着一柄闪光的大斧，一路过关斩将，砍开重重天门，直杀到黄帝的宫前。黄帝正带领众大臣在宫中观赏仙女们的轻歌曼舞，猛见刑天挥舞盾斧杀将过来，顿时大怒，拿起宝剑就和刑天搏斗起来。两人剑刺斧劈，从宫内杀到宫外，从天庭杀到凡间，直杀到常羊山（炎帝降生的地方）旁。最后刑天不敌，被黄帝斩去头颅，被埋葬在常羊山下。没了头的刑天并没有因此死去，而是重新站了起来，并把胸前的两个乳头当作眼睛，把肚脐当作嘴巴，左手握盾，右手拿斧，与黄帝继续战斗。

知识小百科

战神刑天

在甲骨文和金文的记载中，刑天为一人形符号，是氏族部落的象征图腾。刑天原本是华夏族无名神祇，被断首后才被称作"刑天"。而"形天"之得名，相信为陶渊明所改，根据《太平御览》引用《陶靖节集读山海经诗》，"形天"意为"形体夭残"，但可能传抄错误而有"刑天舞干戚"与"形天无千岁"二说。

据《山海经·海外西经》:"形天与帝至此争神,帝断其首,葬之常羊之山,乃以乳为目,以脐为口,操干戚以舞。"几千年后,晋朝的大诗人陶渊明写诗赞颂说:"刑天舞干戚,猛志固长在。"赞扬刑天虽然失败但仍然战斗不已的精神。诗中的"干"就是盾,"戚"就是斧的意思。刑天与黄帝的争斗,乃炎黄战斗的延续。刑天部落虽然失败,但刑天那种不屈不挠、绝不服输的顽强的战斗精神,深深地烙印在后世人们的心中,常为后人称颂。刑天,象征着一种永不妥协的精神!

五、战神蚩尤

中华民族的形成,始于上古时代。炎帝、黄帝和蚩尤三大集团之间曾先后爆发战争,黄帝相继打败了炎帝和蚩尤,统一了各部落,为中华民族的融合和形成奠定了基础。

黄帝打败蚩尤后，蚩尤被擒杀。其所属一部分南迁江南；一部分留在山西；一部分被俘为奴，即所谓"黎民"，也就是社会最下层人群。今天北方的阚姓、邹姓、屠姓等居民都是其后裔。

在蚩尤死后，黄帝及其后代帝王都把蚩尤奉为"兵主"，视为"战神"来崇敬和缅怀。《路史·后纪四·蚩尤传》中说，后世圣人著其"像于尊彝，以为贪戎"。由此可见，蚩尤被擒杀而死以后，黄帝及其族人们就用蚩尤的形象来威吓天下八方，从而将蚩尤变成了自己的保护神，并对蚩尤加以崇敬和缅怀。商代末年，姜子牙辅佐周武王打败殷纣王后，封到齐地，封蚩尤为兵主神，在鲁西寿张蚩尤墓建祠堂，供人祭祀。当地民众每年都要举行大型祭祀活动。现在，河北省涿鹿县仍有蚩尤墓、蚩尤碑、蚩尤祠、蚩尤庙等，蚩尤深受当地人民的怀念和祭祀。

六、羿射九日

在尧当帝王的时候，十个火热的太阳同时出现在天空中，晒焦了禾苗稻谷，烤死了花草树木，老百姓都没有东西吃了。长着龙的脑袋、老虎的爪子，叫声像小孩子的、牙齿长长的、像一把凿子的凿齿，有九个脑袋、口里能喷水吐火的九婴，飞行时能刮起飓风的大风，吃人的大野猪，能一口吞下一头大象的长蛇，全都四处乱跑伤害老百姓。

于是尧就派羿去南方，把凿齿杀死在畴华的野外。然后去北方，把九婴杀死在凶水。再去东方，把大风射落在青丘的水边。接着，羿拉弓搭箭，把天空中同时出现的十个太阳射掉了九个，又在洞庭湖斩断了长蛇，在桑林捉住了大野猪。羿把这些伤害人的怪兽全都除掉之后，天下的老百姓都很高兴，一致推选尧做全国最高统治者。从此以后，大地上不论是宽广还是狭窄，险阻还是平坦，远还是近，全都开辟了道路，人们可以你来我往了。

知识小百科

羿和三足乌

传说在辽阔的东海边，矗立着一棵神树扶桑，树枝上栖息着十只三足乌。它们同是东方神帝俊的儿子，每日轮流上天遨游，三足乌放射的光芒，就是人们看见的太阳（所以太阳也称"三足乌"）。

后来，十只三足乌不听东方神的指示，都抢着上天，天空中同时出现了十个太阳，大地草枯土焦，炎热无比。人们只好白天躲在山洞里，黑夜出来觅食。猛兽毒虫借机残食人们，人类濒临灭绝的危险。消息传到天上，帝俊就赐给羿（天上的神仙）一张红色的弓、一袋白色的箭，叫他下凡到人间，一方面惩治妖魔怪兽，同时也教训一下他的这些太阳儿子。可这些三足乌根本不把羿放在眼里，照样一齐上天逞威逞强。羿大怒，选择背阴之处拉弓搭箭，瞄准太阳中心处的三足乌射去。他箭无虚发，一连射下九只三足乌。三足乌一死，火光自灭，人们顿感清凉爽快，于是欢呼雀跃。呼喊声传到天上，帝俊见九个儿子已死，大发雷霆，不准羿再回天庭，同时也令仅存的那只三足乌日日遨游，不得休息。关于三足乌的记载有以下几种。

（1）三足乌亦称"踆乌""阳乌"，神话传说中神鸟的名字。居于日中，有三足，其说始见于汉。《玄中记》中记载："蓬莱之东，岱舆之山，上有扶桑之树，树高万丈。树颠有天鸡，为巢于上。每夜至子时则天鸡鸣，而日中阳鸟应之。阳鸟鸣则天下之鸡皆鸣。"

（2）神话传说中驾驭日车的神鸟名，为日中三足乌之演化。《洞冥记》卷四中记载：（汉武帝）曰："朕所好甚者不老，其可得乎？"朔曰："东北有地日之草，西南有春生之草。"帝曰："何以知之？"朔曰："三足乌数下地食此草，羲和欲驭，以手掩乌目，不听下也。食草能不老，他鸟兽食此草则美闷不能动矣。"

（3）传说中西王母所使之神鸟。有三足，即青鸟。《河图括地图》中记载："昆仑在若水中，非乘龙不能至。有三足神鸟，为西王母取食。"

（4）简称"三足"，亦称"三趾"。传说中祥瑞之鸟，国有道则现。其说始见于汉。《东观汉记·章帝纪》中记载："三足乌集沛国，白鹿、白兔、九尾狐见。"

七、精卫填海

炎帝的小女儿名叫"女娃"。女娃十分乖巧，黄帝见了她，都忍不住夸奖她，炎帝更是视其为掌上明珠。

炎帝不在家时，女娃便独自玩耍，她很想让父亲带她出去，到东海——太阳升起的地方去看一看。可是，父亲忙于公事总是不能带她去。这一天，女娃没告诉父亲，便一个人驾着一条小船向东海太阳升起的地方划去。不幸的是，海上突然起了狂风大浪，海浪把女娃的小船打翻了，女娃不幸落入海中，被吞没了。

女娃死后，她的精魂化作了一只小鸟，花脑袋，白嘴

壳，红色的爪子，十分可爱，它发出"精卫、精卫"的悲鸣，所以被称作"精卫"。精卫痛恨无情的大海经常兴风作浪夺去人的生命，发誓要报仇雪恨。因此，她一刻不停地从发鸠山上衔来小石子和树枝，展翅高飞，一直飞到东海。她把石子、树枝投下去，想把大海填平。大海嘲笑她："小鸟儿，算了吧，你这工作就算干一百万年，也休想把我填平！"精卫十分执着，在高空中答复大海说："哪怕是干上一千万年、一亿年，干到宇宙的尽头、世界的末日，我终将把你填平的！"

精卫飞翔着，鸣叫着，离开大海，又飞回发鸠山去衔石子和树枝。她衔呀、扔呀，成年累月，往复飞翔，从不停息。后来，一只海燕飞过东海时无意间看见了精卫，它对精卫的行为感到困惑不解，但了解了事情的起因之后，海燕为精卫大无畏的精神所打动，就与其结成了夫妻，生出许多小鸟，雌的像精卫，雄的像海燕。小精卫和她们的妈妈一样，也去衔石填海。

八、愚公移山

太行和王屋这两座大山，方圆面积有700里，高万丈，本来在冀州的南边，河阳的北边。

有个住在北山叫愚公的人，年纪将近90岁了，他住的地方正好面对着这两座大山。这两座山挡住了北去的路，一家人出出进进要绕弯走，很不方便，愚公很苦恼，就把全家人召集在一起商量办法。愚公说："我和你们尽最大的努力挖掉这两座大山，把道路一直通到豫州的南边和汉水的南岸去，你们同意吗？"全家人纷纷表示赞成。

愚公的妻子却提出疑问："你年纪这么大了，光靠你这么一点力量，连魁父这座小土山都不可能挖掉，你还能把太行和王屋这两座大山怎么样？而且，就算你挖了，那么挖掉的泥土和石头你又放到哪里去？"

大家七嘴八舌地说："挖掉的土石可以扔到渤海海滨和隐土的北边去！"

于是，愚公就带领他的儿子和孙子，三个能挑担子的成年男子，敲打石头，开挖泥土，并用畚箕装着运到渤海海滨去。愚公的邻居京城氏的寡

妇，有一个父亲死后才出生的小男孩，七岁左右，蹦蹦跳跳地跑去给愚公他们帮忙。冬去春来，过了一年，愚公他们把挖下来的泥土石头运到渤海倒掉，才走了一个来回。

有个住在河曲名叫智叟的老头儿看他们这样做，就笑着跑来对愚公说："嘻！你真是老糊涂啊！像你年纪这么大，精力也不足了，连山的一根毫毛都动不了，你又能把这两座大山的泥土和石头怎样呢？"

愚公听完这话，长长地叹了一口气说："你的心可真顽固啊，顽固到了不通情达理的程度，我看你连寡妇和小孩子都不如。虽然我会死去，可是我还有儿子在，儿子会有孙子，孙子又会有儿子，孙子的儿子又会有儿子，他的儿子又会有孙子，子子孙孙，一代一代传下去，没有尽头，可是那山却不再增高，有什么可担心会挖不平呢？"河曲智叟听愚公这么说之后，竟然答不出一句话来。

天上一个手里握着蛇的神正好听见愚公和智叟说的这段话，他担心愚公真的这么不停地挖下去，就赶忙跑去报告天帝，天帝被愚公这种精神感动了，就派夸娥氏的两个儿子把这两座山背走，一座安放在朔东，另一座安放在雍南。从此以后，冀州南边到汉水以南，再没有高山挡路了。

> **知识小百科**
>
> **王屋山**
>
> 王屋山一谓"山中有洞，深不可入，洞中如王者之宫，故名曰王屋也"，一谓"山有三重，其状如屋，故名"。王屋山位于河南省西北部的济源市，东依太行，西接中条，北连太岳，南临黄河，是中国九大古代名山之一，是道教十大洞天之首，也是愚公的故乡。王屋山主峰海拔1715.7米，主峰之巅有石坛，据说为轩辕黄帝祭天之所。"黄帝于此告天，遂感九天玄女、西王母降授《九鼎神丹经》《阴符策》，遂乃克伏蚩尤之党，自此天坛之始也。"故又称"天坛山"。

九、干将莫邪

干将是楚国最有名的铁匠，他打造的剑锋利无比。楚王知道了，就命令干将为他铸宝剑。干将花了三年工夫，终于铸炼出他一生中铸得最好的一对宝剑。可是干将明白楚王的脾气，要是楚王得到了世上罕见的宝剑，一定会把铸剑的人杀掉，免得将来再铸出更好的剑来。

这时，干将的妻子莫邪快生孩子了，这使干将更加愁眉苦脸。到京城交剑的日子到了，干将对莫邪说："我这一去肯定回不来了。我留下了一把剑，埋在南山上的大松树底下。等孩子长大了，让他替我报仇。"

干将带着宝剑去见楚王，干将献上宝剑，并对楚王说："天下有此剑一对，一雄一雌，这是雌剑，雄剑不会交出。"楚王拿到雌剑就杀死了干将。

干将死后不久，莫邪生了一个男孩，取名赤。莫邪记住丈夫的遗言，含辛茹苦地把孩子带大。十多年以后，赤长成了一个小伙子，莫邪把他父亲的不幸全部告诉了他。赤发誓一定要杀死楚王，为父亲报仇。他跑到南山上，把埋在大松树下的宝剑挖了出来，日日夜夜练剑。

就在赤加紧练剑的时候，楚王接连几天做了同一个梦。他梦见有一个愤怒的少年提着宝剑向他冲过来，说要为干将报仇。楚王吓得直冒冷汗，

他忙派大臣们去打听,才知道干将果然有个儿子,正准备进城刺杀他。

楚王害怕极了,一边派人去抓赤,一边命令士兵守紧城门,防止赤混进城来。

赤只好带着宝剑逃进了大山。没法为父亲报仇,赤伤心极了。一天,赤在树林里遇见一位壮士。壮士非常同情赤的遭遇,决定帮他一起报仇。他说:"我能为你报仇,不过,你得把你的头和你的宝剑借给我,我带着你的头去请赏,趁机杀死楚王。"赤一听这话,立刻跪下给壮士磕头,说:"只要你能为我父子报仇雪恨,我什么都愿给你。"赤说完,提起宝剑把头割了下来。壮士拾起了头和剑,伤心地说:"放心吧,我一定杀死楚王。"

壮士来到王宫拜见楚王。楚王见头和剑跟梦中见到的一模一样,高兴极了,要赏壮士。壮士说:"大王,要是你把赤的头放在锅里煮烂,他的鬼魂就不会来伤害你了。"楚王赶紧叫人架起大锅,用大火煮头。谁知煮了三天三夜,赤的头还是没有烂掉。壮士对楚王说:"大王,要是您亲自去看一看，赤的头就能煮烂了。"

楚王也觉得奇怪，就亲自走到大锅边，伸长脖子朝里看。壮士趁机拔出那把宝剑，用力一挥，把楚王的头砍落在大锅里。卫兵们大吃一惊，过来抓他。壮士手起剑落，又把自己的头砍落在锅里。人死剑在，干将造的一对宝剑留了下来。人们把其中一把叫作"干将"，另一把叫作"莫邪"。

第四章

世俗神话

一、董永遇仙

七仙女（又称为"七仙姑""七仙娥""七衣仙女"）是中国古代神话传说中玉皇大帝与王母娘娘的七个女儿，也泛指这七个女儿中最小的那个女儿。她们在天庭贵为公主，除王母与玉帝的妹妹（天界的长公主）外，她们是众仙女中地位最高的。瑶姬与百花仙子则是她们的姑姑。

七仙女，又名"织女"（与牛郎织女中的织女有别）。由于天宫寂寞难耐，七仙女便鼓动六位姐姐与她一起去凌虚台观赏人间的美景，偶然看到在下界卖身葬父的青年董永，被他那感天动地的孝心与憨厚老实的本性所打动，七仙女便在此刻动了凡心。大姐见她动了凡心，便冒着触犯天庭威严的风险，帮助七妹下了凡间。临走时，大姐给了七妹一炷难香，以便七妹有难时燃香求助。

七仙女来到凡间后遇到了土地爷，在七仙女的百般劝说下，土地爷冒着危险来与董永说合，槐荫树来做媒，七仙女便与董永结为了夫妻。此时的董永因卖身葬父，被卖到了傅员外家做家奴，七仙女为了帮夫君赎身，便陪他一起到傅员外家做工。之后员外一直都在刁难她，让她在一夜间织出10匹上好的锦缎。七仙女点燃难香，请得六位姐姐前来相助，在一夜之间织出了锦缎。董永得以赎

身后，夫妻俩双双把家还，这时七仙女已身怀六甲。此刻，天兵天将受玉帝指令，将七仙女缉捕归天，否则将董永碎尸万段，七仙女不忍使丈夫受到连累，向丈夫说明了自己的来历，之后便含着泪忍痛返回了天庭。她的织布机化成了飞梭石留在了人间，人们在夜深人静时仍能听到"咔嚓、咔嚓"的织机声。如今，安徽天柱山被誉为七仙女在人间的故乡。

知识小百科

文学记载中的七仙女

在《搜神记》中七仙女被称为"天之织女"，讲述董永在仙女湖畔与七仙女相遇的故事。到了东晋时期，牛郎织女的故事开始广为流传，而董永遇仙传说则成了空白。既然牛郎与织女成了亲，那董永的妻子还会是织女吗？后来，织女这个角色被分离开来，在董永遇仙传说里转换成了七仙女。

唐宋之后，民间的观念认识到织女与七仙女不能互相混同，所以牛郎织女的传说则与董永与七仙女的传说自然分离开了。敦煌残卷《董永变文》里说到七仙女的天衣是紫色的，所以阐述出来的七仙女的形象是一位身披紫色天衣的仙女。

在七仙女的故事中还有仙浴潭的传说。讲述天上的七位仙女，她们十分喜爱洁净。凡间（今鸳鸯溪狮坪风景区）有七块俊俏的石岩，岩下有一池碧波荡漾的清泉，七位仙女每天私下凡间必到这池潭里沐浴嬉戏。

二、沉香救母

相传很久以前，华山上有一座神庙，名叫西岳庙，庙里住着一个仙女，名叫杨莲，她是玉皇大帝的三外甥女、二郎神杨戬的亲妹妹，人们称她"三圣母"或"三娘娘"。传说有一年，一位叫刘彦昌的书生到长安赶考，路过潼关时，登上华山游玩。他看到西岳庙里三圣母栩栩如生的塑像，顿生爱慕之心，就在墙壁上题了一首诗，表达自己的感情。由于旅途劳累，题完诗后，刘彦昌便倚着香案睡着了。

那天，正好三圣母巡山来到庙里，看到墙上的诗句，不觉勾起一片凡心。她见刘彦昌衣衫单薄，就把自己披的红纱盖在他的身上。蒙眬中，刘彦昌觉得浑身温暖，醒来一看，美丽的三圣母就在眼前，他又惊又喜。仙女们看出了三圣母和刘彦昌的心意，就又说又笑地把他们拥到一起，摆酒祝贺，为他们举行了婚礼。

转眼赶考的时间到了，刘彦昌要去京城，此时三圣母已经怀了身孕。临别之时，刘彦昌赠给三圣母一块祖传的沉香，嘱咐她说，以后孩子出生了，就取名沉香。没多久，这事被三圣母的哥哥二郎神知道了。他带着哮天犬和天兵来到凡间，要带三圣母回天庭受审。情急之下，三圣母急忙拿出她的宝物宝莲灯，宝莲灯金光四射，把天兵们照得东倒西歪，一个个丢盔弃甲地溜走了。

二郎神回到天庭越想越气，于是派哮天犬偷偷溜进三圣母的家里偷走了宝莲灯。二郎神重新下界，打败了三圣母，将她压在了华山下的黑云洞里。在暗无天日的黑云洞里，三圣母生下她和刘彦昌的孩子沉香。她写了一封血书，放进孩子怀里，托土地神把孩子送到刘彦昌身边。

此时刘彦昌已经金榜题名，被封为扬州巡抚。他回到华山，不见三圣母，连忙跑到圣母殿，在那里发现了一个呱呱坠地的婴儿，凭着那封血书，他才知道那就是他的儿子沉香，也知道了三圣母的遭遇。但是刘彦昌想尽了办法，也没有救出三圣母。

15年后，沉香长成了一个英俊的少年。他得知自己的母亲被压在华山下受苦，于是决心到华山下救出母亲。他带上血书，一个人去了华山。在华山，他遇到了霹雳大仙，霹雳大仙听说了沉香母亲的遭遇后，很同情他，也深深地被沉香的孝心所感动。于是，霹雳大仙带沉香回到了自己的住处，教他武艺。在仙人的指点下，沉香刻苦练功，练就了一身好武艺。16岁生日那天，沉香收拾好行装，拜别了师父，要去华山营救母亲。临走时，霹雳大仙给了他一把神斧，告诉他关键时刻必有大用。

沉香急忙赶往华山黑云洞，大声呼唤母亲。三圣母听到儿子呼喊，泪流满面。她告诉沉香去向舅舅求情，还教给了他宝莲灯的使用方法。沉香找到二郎神，求他放出母亲。二郎神竟然不念甥舅的情分，举刀就砍。沉香忍无可忍，举斧回杀，刀来斧往，直打得天昏地暗。沉香越战越勇，二郎神渐渐有些抵挡不住了，便拿出宝莲灯，想要降服沉香。但因为他不熟悉使用方法，反被沉香一把夺去。沉香按照母亲教给他的使用方法，转动宝莲灯，宝莲灯射出万丈光芒，打败了二郎神。

沉香拿着宝莲灯，回到华山，举起神斧向华山山峰砍去，只听"轰隆"一声，山峰被劈成两半，三圣母终于被解救出来了，母子俩紧紧抱在一起。二郎神见此场景，不由得也深受感动，他决定放过妹妹一家，再也不惩罚他们了。三圣母一家终得团圆。

如今，在华山的西峰顶上，有一块十余丈长的巨石齐茬茬被截成三节。巨石旁边插着一把300多斤重的月牙铁斧。相传，这就是当年沉香劈山救母的地方。巨石叫"斧劈石"，铁斧叫"开山斧"。

> ### 知识小百科
>
> #### 三圣母的故园——西岳庙
>
> 传说古代五神掌管着五方，东为青帝，南为炎帝，西为白帝，北为黑帝，中为黄帝。从秦朝始，各朝帝王都十分重视华岳之神——白帝少昊，以求国泰民安，永保江山。
>
> 民间传说，西岳庙是为华岳之神——白帝少昊建的，华山上的女神三圣母也常来此地。她聪明美丽，心地善良。天旱，她呼风唤雨；遇涝，她施力排除；乡亲们有了难处来求她，她皆有求必应，抽签问卜无不灵验。在她的关照下，这里风调雨顺，五谷丰登。百姓们十分感激她，都尊称她为"华岳山娘娘"，还给她修了一座庙宇（西岳庙的圣母殿）。殿内供华山三圣母及其子沉香和三圣母侍女灵芝。西岳庙始建于汉武帝时，后成为历代帝王祭祀华山神的场所。西岳庙坐北朝南，庙门正对华山。在由北至南的中轴线上依次排列着灏灵门、五凤楼、棂星门、金城门、灏灵殿、寝宫、御书楼、万寿阁。整个建筑呈前低后高的格局。
>
> 西岳庙建筑相当宏伟。五凤楼建于高台上，高达二十多米，登楼望华山，五峰历历在目。正殿灏灵殿建筑为琉璃瓦单檐歇山顶，坐落于宽广的"凸"字形月台之上，面宽七间，进深五间，周围有回廊，气势宏伟，历代帝王祭祀华山多住于此。殿内悬挂有康熙、道光、慈禧所题"金天昭瑞""仙云"等匾额。整个院落林木繁茂，山石嶙峋，饶有园林之趣。西岳庙内碑刻极多，现存后周"华岳庙碑"，明重刻"唐玄宗御制华山碑铭"，明万历刻"华山卧图"，图首附王维、李白、杜甫、陈抟等人关于华山的题诗。这里还有乾隆御书"岳莲灵澍"石额。

三、孟姜女哭长城

传说在秦朝的时候，江苏松江府有个孟家庄，孟家庄有一老汉善种葫芦。这一年他种的葫芦长得非常繁盛，其中一棵竟伸到了邻居姜家院里。孟、姜两家非常交好，于是便相约秋后结了葫芦一家分一半。到了秋天，果然结了一个大葫芦，孟、姜两家非常高兴，把葫芦摘下来准备分享。忽听葫芦里传出小孩的哭声，把葫芦切开一看，有个小女孩端坐在葫芦中，红红的脸蛋，圆嘟嘟的小嘴，很是惹人喜爱。姜家老婆婆一看，喜欢得不得了，一把抱起来说："这孩子就给我吧！"可是孟老汉也无儿无女，非要不可，两家争执起来，一时间不可开交，只好请村里的长者来断。长者说："你们两家已约定葫芦一家一半，那么这葫芦里的孩子就由你们两家合养吧。"于是小姑娘便成了姜、孟两家的掌上明珠，因孟老汉无儿无女，便住在了孟家，取名"孟姜女"。

孟姜女渐渐长大了，她心灵手巧，聪明伶俐，孟老汉视其如珍宝。

这一天，孟姜女做完针线，到后花园去散步。一对大蝴蝶落在池边的荷叶上，吸引了她的视线，她便轻手轻脚地走过去，用扇一扑，不料用力过猛，扇子一下掉在水中。孟姜女很是气恼，便挽起衣袖，探手去捞，刚捞起来，发现树后站着一个年轻公子。公子忙向孟姜女解释说："我叫范喜良，姑苏人氏，秦始皇修筑长城，到处抓壮丁，我乔装改扮逃了出来。刚才是因饥渴难耐，故到园中歇息，不想惊动了小姐。"他边说边连连告罪，孟姜女见范喜良知书达礼，忠厚老实，便芳心暗许。他们一块回到屋里向孟老汉和孟婆婆说明了原委。孟老汉对范喜良也很同情，便留他住了下来，孟姜女向爹爹言明心意，孟老汉非常赞成，便急忙征求范喜良的意见。范喜良怕日后连累小姐，不敢答应这门婚事。无奈孟姜女心意已决，非范喜良不嫁，最后范喜良终于答应。孟老汉乐得嘴都合不上了，急忙和姜家商议挑选了一个吉日，就给他们完婚了。

到了晚上，范喜良走进新房，刚刚掀开孟姜女的红盖头，一小队秦兵就闯了进来，把范喜良抓

走了。

自此孟姜女日夜思君，茶不思饭不想，忧伤不已。转眼冬天来了，大雪纷纷，孟姜女想到丈夫在修长城，天寒地冻，无衣御寒，便日夜赶着缝制棉衣。她做好棉衣后便踏上路程，一路上跋山涉水，风餐露宿，昼夜不停地往前赶，终于来到了长城脚下。

可长城下民夫数以万计，她挨个找也没找到丈夫的身影。她逢人便打听，好心的民夫告诉她，范喜良早就劳累致死，被埋在长城里了。孟姜女一听，心如刀绞，便求好心的民工引路来到了范喜良被埋葬的地方。她坐在城墙边，大哭了三天三夜，忽听轰隆隆一阵山响，一时间地动山摇，飞沙走石，长城崩倒了800里，这才露出范喜良的尸骨。

长城倾倒800里，惊动了官兵，官兵上报秦始皇。秦始皇勃然大怒，下令把孟姜女抓来，秦始皇见她貌美如花，便欲纳她为正宫娘娘。孟姜女说："要我做你的娘娘，得先依我三件事：一要造长桥一座，十里长，十里阔；二要十里方山造坟墩；三要万岁披麻戴孝到我丈夫坟前亲自祭奠。"秦始皇想了想便答应了。不几日，长桥、坟墩全都造好了，秦始皇身穿麻衣，摆驾起行，过长城上长桥，过了长桥来到坟前祭奠。祭毕，秦始皇便要孟姜女随他回宫。孟姜女趁秦始皇不注意，纵身一跃，跳入了波涛汹涌的大海。

后来，人们在传说她投海处的山海关附近建起了孟姜女庙，海中的两块礁石也被后人形象地称为"姜女坟"。

四、紫玉与韩重

吴王夫差的小女儿，名字叫紫玉，18岁时已是一位才貌双全的美丽的姑娘了。她喜欢上了19岁的青年韩重（又名"韩众""韩终"），在秘密的情书往来中以身相许。韩重要前往齐国和鲁国学习神仙之术，临行前请父母派人求婚。吴王获悉后，也许是听信了他人谗言，竟勃然大怒，坚决不肯应允这门亲事。因此，紫玉郁郁寡欢，最终相思成疾以致病逝，后被葬在阊门外，即苏州古城之西门通往虎丘的地方。

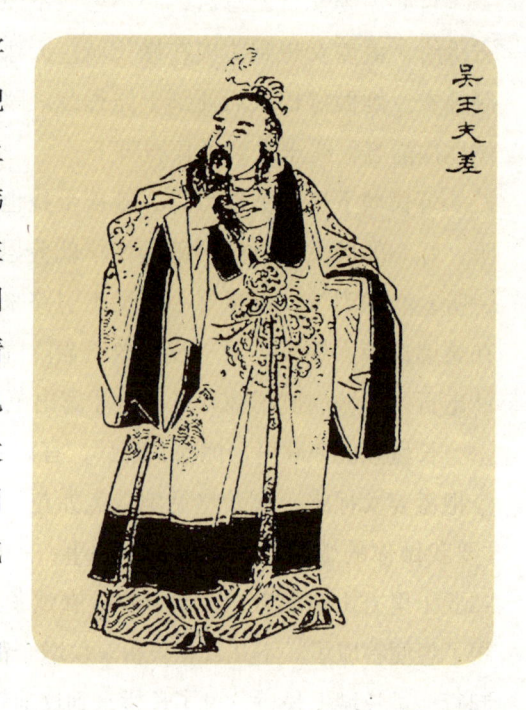

三年后，学成归来的韩重问父母为自己求婚的事。父母回答说："吴王夫差听到这件事后大怒，紫玉姑娘也因为父亲不答应这件婚事，抑郁而亡且已被埋葬了。"韩重听后非常悲痛，他准备了祭品和冥币来到紫玉的墓前凭吊。忽然，紫玉的魂魄从坟墓中走了出来，和韩重见面，二人互诉衷情。紫玉又邀请韩重来到坟墓里，置办了酒宴款待他，留他住了三天三夜，结成了夫妻。韩重出坟墓时，紫玉给了他一颗直径一寸的明珠，请他代自己向吴王表示敬意。

韩重走出坟墓后，很快就去拜见了吴王夫差并陈述了见到他女儿紫玉的事情。谁知吴王听后大怒："我女儿既然已经逝去了，你韩重却又捏造荒唐的谎言来玷污损毁紫玉的亡灵！你这只不过是挖掘坟墓盗窃来的珠子，假托鬼神编来的故事！"于是下令并催促立即抓捕韩重。韩重凭借道术逃脱，来到紫玉墓前苦诉了这件事。紫玉说："不会有忧患的，我现在就回家去见我的父亲。"

吴王夫差正在镜子前梳妆，看到已逝去了三年的小女儿紫玉，吃惊中悲喜交加，问女儿："是什么原因使你又活了？"紫玉行跪礼说道："过去书生韩重来这里向女儿求婚，父亲不允许，女儿已因此毁坏了名誉并断绝了情义，也损毁了自己的性命。这次韩重是从远方还乡，听说女儿已死，特意来到墓前吊唁。我感激他能始终如一贞守对我的情义，所以才和他相会，并把珠子送给他。韩重并非掘盗坟墓，希望您不要再追究他。"

吴王夫差的夫人听说女儿紫玉又回来了，便奔走出来拥抱她，紫玉却化成了一缕轻烟，消失在宫廷的朦胧夜色之中。"紫玉成烟"的成语由此而来，后来"紫玉"也成了牡丹的芳名。

五、梁祝化蝶

从前有一位员外，他有一个女儿叫祝英台，熟读经史，才华出众。祝家的上代曾数度追随祖逖、陶侃、桓温等大军北伐中原，受家族的熏陶，祝英台性格活泼爽朗而略带几分男子气，并期望自己能成为一个为国效命疆场的巾帼英雄。

为了弥补自己不能驰骋疆场的遗憾，祝英台说服了父母，女扮男装，由家人服侍到杭州负笈游学，这年她17岁。在去杭州的路上，祝英台邂

逅了赴杭求学的梁山伯，双方一见如故，相谈甚欢，于是结为异姓兄弟，结伴同行。他们在杭州城外的"崇绮书院"拜师入学，同窗三载，祝英台对梁山伯暗生情愫，她多次隐晦地表达自己的爱恋之意，又恐有失。而略显木讷而且长祝英台一岁的梁山伯，竟然没有发觉祝英台是个女孩，只念兄弟之情，并没有特别的感受。

这时，祝英台收到父亲的家书，催她赶快回去，她只能仓促回乡，梁山伯依依不舍地送了一程又一程。不久，梁山伯便听说祝英台居然是个红粉佳人，便迫不及待地赶到祝家求亲，岂奈祝英台回乡后便被许配给了贸城姓马的人家。木已成舟，二人只有泪眼相向，凄然而别。

祝英台以为梁山伯并不爱她才答应了马家求婚，现在梁山伯向她一吐衷肠，令她愁肠欲断。在当时，婚约是不能废的，她只得采用"拖延战术"，希望时间可以改变一切。祝英台私下派人送信给梁山伯，希望他暂时隐忍，努力求取功名，以图借煊赫的声势来扭转现实，并表示对梁山伯海枯石烂，此情不渝。

两年后，梁山伯终于获取了功名，又恰好被任命为贸城县令，这里

也正是祝英台所许的马家世代所居之地。到任后，他忙于政务，不便专注自己的私人事务。等到一切都就绪以后，他衡情度理又不便贸然行事。贸城马家世代为官，宗族繁盛，梁山伯实在想不出什么充分的理由来横刀夺爱。在忧心如焚之中，闷闷不乐的梁山伯终致一病不起，溘然而逝。

这时祝英台经过两年多时间的拖延，不得已答应家人在20岁生日之后出嫁。听到情郎的死讯后，她不禁放声大哭。在马家不断催婚、父母苦苦哀求之下，万念俱灰的祝英台再没有理由搪塞，只得答应了择吉日出嫁马家。

梁山伯死后，他的亲友遵照他的遗愿将他葬在贸城西郊邵家渡山麓，希望可以一睹祝英台出嫁时喜船路过的风采。祝英台为了情郎，提出出嫁路上经过邵家渡时要到昔日的同窗好友梁山伯的墓上去祭拜一番的要求。笃念旧谊，益见多情，双方家长自然也不便拒绝。

祝英台的喜船经过邵家渡时，马家迎亲执事人等，原想顺风疾驶，让船来不及靠岸就驶过邵家渡，如果要拜墓，等三朝过后与新郎双双前往也不迟。谁料船至邵家渡时，忽然狂风大作，江面波涛汹涌，喜船连忙靠岸避风，祝英台也就从容上岸前往梁山伯坟前祭拜。一声哀号，伤心欲绝，刹那间天摇地动，飞沙走石，白昼灰暝。就在迎亲和送亲的执事人员大惊失色时，忽见坟前裂开一条一尺多宽的隙缝，祝英台一跃而入，墓又缓缓合上了。天空重新放晴，梁山伯的墓旁，长出了无数鲜花。鲜花丛中，一对彩蝶扑扇着翅膀，飞向了不知名的远方。人们都说那对蝴蝶就是梁山伯和祝英台化成的。据说黄色的蝴蝶就是祝英台，而褐色的蝴蝶就是梁山伯。他们从此相亲相爱，再也不会分离了。

六、白蛇传说

白蛇传说发生在宋朝时的杭州、苏州及镇江等地。流传至今有多个版本，但故事基本包括借伞、盗仙草、水漫金山、断桥、雷峰塔、祭塔等情节。其中一个版本讲的是一条修炼千年名叫白素贞的白蛇，吃了法海和尚的仙丹后便修炼成神通广大的妖精，为了报答书生许仙前世的救命之恩，化为人形去寻找许仙，后遇到青蛇精小青，两人结伴。白素贞施展法力，

巧施妙计与许仙相识,并嫁与他。婚后金山寺和尚法海为了报复白素贞盗食仙丹,说服许仙在端午节让白素贞喝下带有雄黄的酒,白素贞不得不现出原形,却将许仙吓死。白素贞上天庭盗取仙草将许仙救活。法海将许仙骗至金山寺并将其软禁,白素贞同小青一起与法海斗法,水漫金山寺,却因此伤害了其他生灵。白素贞触犯天条,在生下孩子后被法海收入钵内,镇压于雷峰塔下。后白素贞的儿子长大中状元,到塔前祭母,将母亲救出,全家团聚。而法海自从钻进了蟹壳里,就再也没有出来。原先螃蟹也是直着走路的,但自从钻进了一个横行霸道的法海以后,就横着走路了。

知识小百科

雷峰塔

雷峰塔原建造在夕照山上,位于杭州西湖南岸南屏山日慧峰下净慈寺前。雷峰为南屏山向北伸展的余脉,濒湖勃然隆起,林木葱郁。因塔在雷峰之上,均呼之为"雷峰塔"。原塔共七层,重檐飞栋,窗户洞达,十分壮观。雷峰塔曾是西湖的标志性景点,旧时雷峰塔与北山的保俶塔,一南一北,隔湖相对,有"雷峰如老衲,保俶如美人"之誉,西湖上亦呈现"一湖映双塔,南北相对峙"的美景。每当夕阳西下,塔影横空,别有一番景色,故被称为"雷峰夕照"。

> 不过"雷峰夕照"的真正出名，还得感谢"梅妻鹤子"的林和靖先生，他作了一首诗："中峰一径分，盘折上幽云。夕照前村见，秋涛隔岭闻。"中峰即雷峰，"雷峰夕照"之说不胫而走。

七、嫦娥奔月

嫦娥美貌非凡，温柔贤惠，为羿之妻。羿为救民疾苦，毅然冒死射落了九个太阳。嫦娥在羿射日时剪下自己秀丽而坚韧的长发，制成弦绷在羿的弓上，使羿射日成功。为此她受到牵连，和羿一并被贬为凡人。羿深感对不住妻子，便与嫦娥商议："天上等级森严，在人间倒也逍遥自在。不过凡人终将一死，若要长生，就必须渡弱水，翻火山，登上昆仑，去向西王母求取不死灵药。"

羿历尽千辛万苦找到了西王母，西王母钦佩羿的作为，同情羿的遭遇，取药慷慨相赠。但是她收藏的药丸仅剩一颗了，两人分享俱可长生不老，一人独食即能升天成仙。

羿如愿以偿，欢喜无限，回来将药交给嫦娥保存，以待共享灵药。但是嫦娥经受不住天堂生活的诱惑，趁羿夜出打猎，独自吞下了药丸。嫦娥渐觉身子失重，双脚离地，不由自主地飘出窗户，冉冉飘升。上哪儿去呢？嫦娥思忖着：我背弃了丈夫，天庭诸神一定会责备我、嘲笑我，不如投奔月亮女神常羲，在月宫暂且安身。

嫦娥飘至月宫，才发现那儿出奇地冷清，空无一人。她在漫漫长夜中咀嚼着孤独、悔恨的滋味，慢慢地竟化成了月精白蛤蟆。

知识小百科

古代文人对月亮的美称

中国的月神最著名的是嫦娥。月御常羲（常羲为月亮驾车的神）与日御羲和同为帝俊之妻。常羲生了12个月亮，即为一年12个月。一说常羲即为嫦娥，但无可靠依据。"素娥"也是月亮的别称，在传说中亦是月中女神，即嫦娥。据后人考证，"女娲""女和""尚娥""嫦娥"其实同为一人。

在我国古代诗文中月亮有许多美称，如玉兔（著意登楼瞻玉兔，何人张幕遮银阙？——辛弃疾）、夜光（夜光何德，死则又育？——屈原）、冰轮（玉钩定谁挂？冰轮了无辙。——陆游）、玉轮（玉轮轧露湿团光，鸾珮相逢桂香陌。——李贺）、玉蟾（凉宵烟霭外，三五玉蟾秋。——方干）、桂魄（桂魄飞来光射处，冷浸一天秋碧。——苏轼）、蟾蜍（闽国扬帆去，蟾蜍亏复圆。——贾岛）、顾兔（阳乌未出谷，顾兔半藏身。——李白）、婵娟（但愿人长久，千里共婵娟。——苏轼）、金兔（朱弦初罢弹，金兔正奇绝。——卢仝）、冰镜（安得泛舟江海上，坐观冰镜落沧波。——杨载）、金鉴（海月开金鉴，河冰卧玉虬。——梅尧臣）。

嫦娥奔月故事的演变

关于嫦娥奔月的神话故事，据考证最早见于战国时期的《归藏》，在西汉时的《淮南子》和东汉时的《灵宪》中均有记载。

《灵宪》中记载了"嫦娥化蟾"的故事："嫦娥，羿妻也，窃王母不死药服之，奔月。将往，枚占于有黄。有黄占之，曰：'吉。翩翩归妹，独将西行，逢天晦芒，毋惊毋恐，后且大昌。'嫦娥遂托身于月，是为蟾蜍。"嫦娥变成蟾蜍后，在月宫中终日被罚捣不死药，过着寂寞清苦的生活。

根据《淮南子》的记载，羿到西王母那里求来了长生不死之药，嫦娥却把它偷吃掉，并逃到月亮里去了，变作一只蟾蜍，成为月精。后来，蜍音讹变为兔，于是蟾、兔并存于月中。到了东汉时期，传说中蟾蜍被逐出，月宫中只剩下了玉兔，魏晋以后的传说就无人再提蟾蜍了。西晋时传说中，蟾蜍演变成了白兔，并成为嫦娥的"宠物"。由于怕嫦娥寂寞，人们后来又陆续加进了吴刚、月桂树、广寒宫，嫦娥也从最初传说中的蟾蜍变为广寒仙子。"嫦娥奔月"的神话故事寄托了古人飞月的美好愿望和对宇宙的好奇。

嫦娥的故事在民间也出现了不同的版本，说因为一个叫逢蒙的人的觊觎，嫦娥才当机立断将不死药吞了下去。羿悲恸欲绝，摆上香案，放上蜜食鲜果，遥祭爱妻。百姓们闻知后，纷纷在月下摆设香案，为嫦娥祈求吉祥平安。这就是中秋拜月的来历。

——傅璇琮主编，泰山出版社《古代神话》，2012年

八、吴刚伐桂

《山海经》记载，吴刚又叫吴权，是西河人。炎帝之孙伯陵，趁吴刚离家三年学仙道，和吴刚的妻子私通，还生了三个儿子。吴刚知道后，一怒之下杀了伯陵。炎帝震怒，把吴刚发配到月亮上，命他砍伐桂树，只有砍倒桂树才能免罪。月中桂树高达500丈，这株神桂不仅高大，而且能自己愈合斧伤。所以吴刚每砍一斧，斧起而树伤就马上愈合了，他只好不断地砍下去。

当吴刚在月宫中渐渐醒悟的时候，炎帝也慢慢原谅了他。可是桂树不倒，他还是要继续砍下去。后来，炎帝特赦他可以偶尔出来走动一下，包括到人间游览。

吴刚希望为人间造福，他看到人间还没有桂树，就想把天上的桂树带到人间。杭州有个人称仙酒娘子的寡妇，心地善良，乐于助人，而且她酿的酒甘醇可口，大家都喜欢喝。一天，仙酒娘子发现有个衣衫褴褛的乞丐倒在自己家门口，见他可怜，就把他带回了家。乞丐说自己病了，请求仙酒娘子照顾自己一段日子，仙酒娘子答应了。可是寡妇门前是非多，渐渐地，传言四起，人们都不再登仙酒娘子的门，生意渐渐冷清，快要支撑不

下去了。于是，乞丐悄悄离开了。

　　仙酒娘子在寻找乞丐的途中，见到了一位白发苍苍的老汉。老汉渴得快不行了，他请求仙酒娘子给点水喝，可是荒郊野外没有水，情急之下，仙酒娘子割破自己的手指，用自己的鲜血为老人止渴。老人很满意，交给她很多桂树种子，并告诉她如何用桂花酿酒，之后便消失了。仙酒娘子回家后撒下了种子，很快，桂树长了起来，桂花香飘万里。附近的人都来向仙酒娘子讨要种子。因为只有善良的人种下的种子才能生根发芽，所以很多邪恶之人为了种桂树而走上了正路。那个乞丐和老汉都是吴刚变化的，他就是要找一个善良的人去播撒桂树的种子，以此来教导人们弃恶从善。

知识小百科

玉兔捣药

　　玉兔捣药，道教掌故之一。见于汉乐府《董逃行》。相传月亮上有一只兔子，浑身洁白如玉，所以称作"玉兔"。这只白兔拿着玉杵，跪地捣药，制成蛤蟆丸，服用此等药丸可以长生成仙。久而久之，玉兔便成为月亮的代名词。古时候，文人写诗作词，常常以玉兔象征月亮，辛弃疾的《满江红·中秋》即以玉兔表示月亮。诸多旧时的小说，也常常使用此等掌故以暗示月亮。在道教中，玉兔常常与金乌相对，表示金丹修炼的阴阳协调。晋代傅玄《拟天问》中有"月中何有，白兔捣药"的句子。月有玉兔之说，民间久已流传。故旧时每逢八月中秋，街上即有"兔儿爷""玉兔捣药""兔山"等节令玩具上市。

九、牛郎织女

　　相传在很早的时候，有一个忠厚老实的小伙子，名叫牛郎。牛郎很小的时候父母就去世了，他便跟着哥嫂度日。哥嫂待牛郎非常刻薄，要与他分家，只给了他一头老牛和一辆破车。

　　从此，牛郎和老牛相依为命。牛郎找了一块荒地，每天和老牛一起辛勤耕种，还盖了一间茅草屋。可是，除了那头不会说话的老牛以外，家里只有牛郎一个人，日子过得相当寂寞。

有一天，老牛突然开口说话了，它说："牛郎，今天你去碧莲池一趟，那儿有些仙女在洗澡，你把那件红色的仙衣藏起来，穿红仙衣的仙女就会成为你的妻子。"牛郎见老牛口吐人言，又奇怪又高兴，便问道："牛大哥，你真会说话吗？你说的是真的吗？"老牛点了点头，说："我本是天上的金牛星，因为偷了天上的五谷种子撒到人间，惹怒了玉皇大帝，被罚下人间。我见你勤劳老实，不忍心你受苦，你按我说的做，就能娶到一个仙女做妻子。"于是，牛郎便悄悄躲在碧莲池旁的芦苇里，等候仙女们的来临。不一会儿，仙女们果然来到清流中洗澡。牛郎便从芦苇里跑出来，拿走了红色的仙衣。仙女们见有人来了，忙乱纷纷地穿上自己的衣裳，像飞鸟般地飞走了，只剩下没有衣服无法逃走的仙女，她正是织女。织女见自己的仙衣被一个小伙子抢走，又羞又急，却又无可奈何。这时，牛郎走上前来，对她说："姑娘，你的衣裳在这里。"织女穿上衣裳，一边梳头一边跟牛郎谈话。牛郎把自己的情形告诉了她。织女很同情他，就答应嫁给他，跟着他一起回家了。

回家以后，牛郎才得知，仙女名叫"织女"，是玉皇大帝最疼爱的小女儿。他们成亲以后，男耕女织，相亲相爱，日子过得非常幸福。不久，他们生下了一儿一女，十分可爱。可是，王母娘娘知道这件事后，勃然大怒，马上派遣天兵天将要将织女捉回天庭问罪。这一天，织女正在做饭，下地去的牛郎匆匆赶回，眼睛红肿着告诉织女："牛大哥死了，它临死前说，要我在它死后，将它的牛皮剥下放好，有朝一日，披上它，就可飞上天去。"织女便让牛郎剥下牛皮，好好埋葬了老牛。

正在这时,天空狂风大作,天兵天将从天而降,不容分说,押解着织女便飞上了天空。正飞着,织女听到了牛郎的声音:"织女,等等我!"织女回头一看,只见牛郎用一对箩筐,挑着两个儿女,披着牛皮赶来了。慢慢地,他们之间的距离越来越近了,织女可以看清儿女们可爱的模样,孩子们都张开双臂,大声呼叫着"妈妈",眼看牛郎和织女就要相逢了。可就在这时,王母娘娘驾着祥云赶来了,她拔下她头上的金簪,往他们中间一划,霎时间,一条天河波涛滚滚地横在了织女和牛郎之间。

织女望着天河对岸的牛郎和儿女们,哭得声嘶力竭,牛郎和孩子也哭得死去活来。牛郎和两个孩子用水瓢坚持不懈地舀水,誓要舀干银河里的水。他们的忠贞爱情感动了喜鹊,王母娘娘对此也无奈,只好允许两人在每年农历七月初七于鹊桥相会。后来,每到农历七月初七,千万只喜鹊飞来,搭成鹊桥,让牛郎织女走上鹊桥相会。而人间的姑娘们会来到花前月下,抬头仰望星空,寻找银河两边的牛郎星和织女星,希望能看到他们一年一度的相会,乞求上天能让自己像织女那样心灵手巧,祈祷自己能有称心如意的美满婚姻。由此形成了七夕节,也叫"乞巧节"。2006年5月20日,七夕节被国务院列入第一批国家非物质文化遗产名录,现又被认为是"中国情人节"。在秋夜天空的繁星当中,我们可以看见银河两边有两颗较大的星星,晶莹地闪烁着,那便是织女星和牵牛星。和牵牛星在一起的还有两颗小星星,古人把这三颗星合称"扁担星",说那是牛郎用扁担挑着他和织女所生的两个孩子。

知识小百科

牛郎织女的传说

牛郎织女的传说始于《诗经·小雅·大东》:"跂彼织女""睆彼牵牛"的记载。《古诗十九首》中《迢迢牵牛星》称牛郎织女为夫妻。应劭著的《风俗通义》中称:"织女七夕当渡河,使鹊为桥,相传七日鹊首无故皆髡,因为梁以渡织女故也。"

1.《诗经·小雅·大东》中写道:"维天有汉,监亦有光。跂彼织女,终日七襄。虽则七襄,不成报章。睆彼牵牛,不以服箱。东有启明,西有长庚。有捄天毕,载施之行。"可见在西周时代,就有了牛郎与织女爱情故事的想象与传说。

2. 汉代,《史记·天官书》和《汉书·天文志》中,也都有牵牛、织女双星的记载。

3. 东晋时干宝的《搜神记》中,把天上的牛郎与织女双星说成是汉代孝子董永夫妇的故事。

4. 到了南朝梁时,任昉在《述异记》中记载"大河之东,有美女丽人,乃天帝之子,机杼女工,年年劳役,织成云雾绢缣之衣,辛苦殊无欢悦,容貌不暇整理,天帝怜其独处,嫁与河西牵牛为妻,自此即废织纴之功,贪欢不归。帝怒,责归河东,一年一度相会。"《古诗十九首》中有对这一故事的详细记载:"迢迢牵牛星,皎皎河汉女;纤纤擢素手,扎扎弄机杼。终日不成章,泣涕零如雨;河汉清且浅,相去复几许?盈盈一水间,脉脉不得语。"

南朝梁吴均的《续齐谐记》里记载:"桂阳成武丁,有仙道,常在人间,忽谓其弟曰:'七月七日,织女当渡河,诸仙悉还宫……'弟曰:'织女何事渡河?'答曰:'织女暂诣牵牛,吾复三年当还。'明日失武丁,至今云织女嫁牵牛。"南北朝代,宗懔的《荆楚岁时记》里说织女是天帝的外孙女,农历七月初七夜晚与牵牛在银河相会,已经为这个恋爱的故事勾勒出一个鲜明的轮廓。

5. 唐代，白居易的《长恨歌》中有："七月七日长生殿，夜半无人私语时。在天愿作比翼鸟，在地愿为连理枝。"记述唐玄宗与杨玉环，以牛郎织女为例，共誓白头之约。

6. 宋代，秦少游专门写过一首《鹊桥仙》："纤云弄巧，飞星传恨，银汉迢迢暗度。金风玉露一相逢，便胜却，人间无数。柔情似水，佳期如梦，忍顾鹊桥归路。两情若是久长时，又岂在，朝朝暮暮。"

7. 清代地方戏花部的剧目中，有《天河配》《牛郎织女》。中华人民共和国成立后，有《新天河配》（京剧）演唱其事。

——傅璇琮主编，泰山出版社《古代神话》，2012年

十、娥皇女英

湘江水神娥皇、女英（又称"湘夫人"），本是尧帝的女儿，这对姊妹同嫁于舜帝，姐姐为后，妹妹为妃，三人感情甚好。《列女传》中记载，她们曾经帮助舜机智地摆脱弟弟象的百般迫害，使其成功地登上帝位，事后却劝解舜以德报怨，宽容和善待那些死敌。她们的美德因此被载入史册，受到民众的广泛称颂。

舜登基之后，与两位心爱的妃子泛舟海上，度过了一段美好的蜜月时期。后来，舜南巡三苗，积劳成疾，病逝于苍梧，葬于九嶷山。娥皇和女英闻听凶信，沿水路急赴湘江奔丧。她们一路失声痛哭，天昏地暗，血泪泣洒于山野竹上，形成美丽的斑纹，世人称之为"斑竹"，亦称"湘妃竹"。数日之间，娥皇、女英茶饭不思，痛悼亡君，终于双双殉情，性情之壮烈，旷世罕有。《史记·秦始皇本纪》中记载：尧女、舜妃葬湘山，为湘水神。依生前身份的不同，舜帝被封为湘水之神，号曰"湘君"，娥皇、女英则为湘水女神，号曰"湘夫人"。

娥皇、女英二女美丽动人的形象，历来成为诗人、画家的创作题材。中国伟大的诗人屈原著的《九歌》中的《湘君》《湘夫人》，是最早歌颂二女的不朽诗篇。

知识小百科

三分石的传说

三分石,又名"三峰石",在湖南宁远县城南百里处,它是九嶷山的最高峰。相传是舜的葬身之地,故又名"舜峰"。三分石如三支玉笋,鼎足而立。峰间相距各五里,峰势险绝,直插云霄。

相传舜帝南巡之时,有一天登上此峰,考察山川地貌。中午时分,他和侍从们在峰头野餐,不觉醉酒。酒壶遗忘在峰头上。有一只大鹏恰巧飞临此山,见有一壶酒,便俯冲下来,用锐利如钩的尖嘴一啄,酒壶立刻分成三块,化作三峰石。那剩下的酒,便化成了长流不息的泉水,这就是潇水之源,俗称"父江",西流至九嶷山下。

十一、黄帝失玄珠

黄帝喜欢在昆仑山一带游玩。有一次,他与素女一起到昆仑山行宫周围去游玩,他竟忘了归路。他本来是要去迎接仓颉的,但这一玩,不知又过了多少日,早违了期限,他自己也把此事给忘了。一路上有素女陪着他,一边游玩,还一边给他讲解阴阳八卦,有时还为他鼓上一曲,他快乐得把新婚妻子嫘祖都遗忘了。谋臣天老不得不催促他赶快离开昆仑山回到夏国,国内还有许多重大事情等他回去处理。他这才恋恋不舍地从昆仑山起驾回国了,从天国回到了人间。

黄帝带着素女与随从从赤水经过,素女一不小心把黄帝最珍爱的又黑又亮的宝珠丢失在了赤水的近旁。黄帝本来准备把这颗宝珠赏赐给嫘祖,让她缀在她的凤冠上,如今却丢失了,心里很着急,马上派了名叫知的聪明绝顶的天神,去替他寻找这颗宝珠。知去寻找了一遍,全无踪影,只得空着两手向黄帝报告寻找的结果。黄帝又派在昆仑山服常树上躺着看守琅玕树的天神离朱去寻找宝珠。离朱长着三个脑袋、六只眼睛,而且每只眼睛都明亮得出奇,可是去找了一遍,还是踪影全无。黄帝只得又派能言善辩的天神契诟去寻找这颗珠子,在这件细致的工作中,他也没有能够用上他的辩才,终于还是失望地回来。黄帝没办法了,最后只得派粗心大意的天神象罔去寻找。象罔领了旨命,飘飘洒洒,漫不经心地走到赤水岸上,用他那恍兮惚兮的眼睛约略向周围一瞧——那颗又黑又亮的宝珠,正不声不响地躺在草丛里呢。象罔便略弯了弯腰身,从草里拾起宝珠,仍旧飘飘洒洒,回来把宝珠交还给黄帝。

黄帝见这个粗心大意的天神,一去就把宝珠寻找了回来,不禁大为惊叹:"唉,别人找不到,象罔一去就找到,这真是奇怪啊!"于是,黄帝便把这颗他最心爱的宝珠交给粗心大意的象罔保管着。

哪知道象罔拿过这颗宝珠,仍旧漫不经心地朝他那大袖子里一放,回到都城后,每天照样飘飘洒洒,无所事事地东游西荡。后来,震蒙氏的女儿奇相知道了这件事,用了点计策,便把这颗宝珠从象罔身上偷了去。

黄帝得知是奇相偷走了宝珠,便派遣天神去追捕奇相。奇相害怕受罚,便把宝珠吞进肚里,跳进汶川江(岷江,在今四川省境)里,变作了一个马头龙身的怪物,名"奇相"。从此以后,她就做了汶川的水神。黄帝那颗黑色宝珠在赤水岸上长成了一棵"三珠树"。

知识小百科

素 女

　　素女为古代传说中的神女。她与黄帝同时代，擅长音乐。一次，黄帝令素女用庖牺氏制作的有50弦的瑟演奏，素女试弹了一下，觉得声音错杂噪耳，"哀不自胜"，遂将50弦破为25弦，音响效果顿时改变，但闻乐声优美缠绵，宛如"大珠小珠落玉盘"。黄帝从未听到过如此美妙悦耳的仙乐，不觉想起了死去的儿子后稷。后稷生前最喜欢听素女鼓瑟。黄帝即令素女携瑟长驻成都，时常为儿子演奏仙乐（后稷生前掌管农事，死后葬于成都郊外田野）。素女身着柔美的轻纱，面向着成都郊外广袤的田野鼓瑟，四野顿时回荡起美妙如莺的乐声。也许是后稷显灵，从此这片广袤的田野上繁花似锦，百谷自生，鸾凤自歌自舞，百兽与人和睦相处，男耕女织，风调雨顺，成为名副其实的"天府之国"。

第五章

神魔志怪

一、南柯太守

据唐代传奇故事所述，在江南一带有个名字叫淳于棼的人，原籍东平郡。他嗜酒成性，做事不拘小节，因家庭富有，养了一些豪杰之士，曾经靠武艺被补充缺额任淮南军队的副将，但因酒后狂言触犯了主帅，丢了官职。

他的家住在广陵郡东十里，宅南有一株大古槐树，枝干长而浓密，覆盖了几亩地的荫凉，淳于棼天天和一群豪杰之士在树荫下痛快地喝酒。唐朝贞元七年七月初九，淳于棼因喝得大醉而得了病。当时有两个朋友从酒桌上把他送回家去，让他躺在堂屋东面的走廊里。两个朋友对他说："你就睡一会儿吧，我们两个人喂喂马洗洗脚，等你的病稍好之后再走。"不一会，淳于棼就迷迷糊糊地睡着了。梦中，他坐上一辆四匹马拉的车子，驶进树下的蚂蚁洞，车行数十里，看见一座城，城楼上写着"大槐安国"。走进大门，前来迎接他的右丞相说："君王愿把女儿许配给你。"淳于棼十分惶恐。婚礼举办得十分豪华。婚后，淳于棼被任命为南柯郡太守。到任后，他勤政爱民，把南柯郡治理得风调雨顺、五谷丰登。

淳于棼一任就是20年，这期间，他生了五男二女，男的长大后也做了官，女儿嫁给了王侯名门。当时，简直没人能比得上他们一家。后来，公主病死了，淳于棼辞去太守职务，护送灵柩回到京城。临行时，当地百姓挡住车道，哭着挽留他。回到京城后，豪门贵族都和他来往。君王十分疑忌，便决定将他送回人间，于是派了两名紫衣使者驾着一辆破马车，将他送出洞穴。他看见乡间闾巷依旧，不禁潸然泪下。跑进前门，忽然看见自己的身子正睡在走廊下，不禁吓了一大跳。

淳于棼从梦中醒来，两位朋友还没走，杯中酒还未喝完。他把梦中的情形告诉了大家。三人查看槐树，淳于棼梦中所见"大槐安

国"原是蚁国,"南柯郡"和公主等在蚁国20年所历,皆一一呈现。三人大惊,将蚁穴掩埋如旧,不料一夜风雨,群蚁消失。淳于棼遂觉悟人生短暂,皈依道门,戒酒绝色,三年而往。明代戏曲家汤显祖把此故事改编为剧本《南柯记》。

二、望帝化鹃

远古时代的蜀国曾经有一位帝王叫作"杜宇",号"望帝"。望帝在位的时候,很关心百姓的生活,教导人们怎样种庄稼,时常叮嘱大家要抓紧天时季节,不要耽误了田里的生产。

那时蜀国常常闹水灾,望帝虽然日夜忧心,但一时也想不出很好的办法来根治水患。有一年长江又发大水,忽然从汹涌的江水里逆流浮上来一具男子的尸首。大家见了都很奇怪,因为尸首总是顺流朝下漂的,而这具尸首却逆流往上漂,便将其打捞起来。更奇怪的是,刚被打捞起来,尸首就复活了,自说他是楚国地方的人,名叫鳖灵,在江边行走时,不小心失足落水,便从楚国一直漂到了这里。望帝听说来了个怪人,也暗暗称奇,便叫人把他带来相见。两人见面,谈得十分投机,望帝觉得鳖灵这人不但聪明,而且还很懂得水性,在这水灾为患的地区,是用得着这种人才的,因此便叫他做了蜀国的宰相。

鳖灵做宰相没有多久,暴发了一场大洪水。玉垒山阻挡住了水流的通路,郁积成可怕的洪水。蜀地的百姓祈祷上天、拜祭龙王等,都毫无用处。

望帝就叫鳖灵去治理洪水。鳖灵学习了大禹治水的方法,以疏导为主,带领大家在玉垒山中凿出一条通路,使洪水顺着岷江畅流下来,宣泄于平原上的各个支流,这才解除了水患,让人们得以安居乐业。

鳖灵治水回来后,望帝因为

他治水有功，就学习上古的尧、舜，自愿把王位禅让给他，自己跑到西山去隐居起来。鳖灵受了禅让，号称"开明帝"，又叫"丛帝"。一开始的时候，他还十分勤劳，种植粮食，兴修水利，使老百姓过着富庶的生活。但时间一长，他变得懒惰了，不愿意处理朝政，只知道享乐。他还加重了税赋，渐渐地，百姓们的日子变得越来越辛苦，越来越无法忍受。

住在西山的望帝听说了这个消息，心中十分着急，他想要回到王宫，想要夺回自己的王位，不再让鳖灵任意妄为。无奈此时的鳖灵已经大权在握，望帝根本对付不了他。望帝没有办法，只能再次回到了西山，他眼见百姓疾苦，却又无可奈何，只有每天悲愤、哭泣。后来望帝死了以后，就变成了一只能飞会叫的杜鹃鸟。它每天在蜀国的土地上飞翔，一边飞，一边叫着："不如归去，不如归去！"向人们诉说着自己失去国家的哀伤。啼叫多了、累了，甚至有时候还会啼出血来。一直到现在，在每年桃花盛开的时节，还能听到它的啼叫声。

三、太公钓鱼

太公姓姜名尚，又名吕尚，也称"姜太公""姜子牙""太公望""吕望"。其先祖本是姜姓，虞舜时期辅佐禹平水土有功，有人被封在吕，有人被封在申，到夏商之时，申、吕两地的后裔，分别从其封地为氏，故太公曰"吕尚"，是辅佐周文王、周武王灭商的功臣。他在没有得到文王重用的时候，隐居在陕西渭水边的一个地方，那里是周族领袖姬昌（周文王）统治的地区，他希望能引起姬昌对自己的注意，建功立业。

太公常在溪旁垂钓。一般人钓鱼，都是用弯钩，上面挂着有香味的饵食，然后把它沉在水里，诱骗鱼儿上钩。但太公的钓钩是直的，上面不挂鱼饵，也不沉到水里，并

且离水面三尺高。他一边高高举起钓竿,一边自言自语道:"不想活的鱼儿呀,你们愿意的话,就自己上钩吧!"

一天,有个打柴的来到溪边,见太公用不放鱼饵的直钩在水面上钓鱼,便对他说:"老先生,像你这样钓鱼,再钓一百年也钓不到一条鱼的!"

太公举了举钓竿,说:"对你说实话吧,我不是为了钓到鱼,而是为了钓到王与侯!"

太公奇特的钓鱼方法,终于传到了姬昌那里。姬昌知道后,派一名士兵去叫他来。但太公并不理睬这名士兵,只顾自己钓鱼,并自言自语道:"钓啊,钓啊,鱼儿不上钩,虾儿来胡闹!"

姬昌听了士兵的禀报后,改派一名官员去请太公来。可是太公依然不搭理,边钓边说:"钓啊,钓啊,大鱼不上钩,小鱼别胡闹!"

姬昌这才意识到,这个钓者必是国之栋梁,要亲自去请他才对。于是他吃了三天素,洗了澡换了衣服,带着厚礼,前去聘请太公。太公见他诚心诚意来聘请自己,便答应为他效力。

后来,姜尚辅佐文王,兴邦立国,还帮助文王的儿子武王姬发灭掉了商朝。他被武王封于齐地,实现了自己建功立业的愿望。歇后语"太公钓鱼——愿者上钩",源头即来于此。

知识小百科

1. 钓鱼台

南皮县城（现属河北省）西五公里处有一村，名钓鱼台（1983年划入泊头市）。相传，商代纣王荒淫无道，建筑鹿台。下大夫姜子牙直言相谏，触怒纣王，纣王欲杀子牙。子牙气愤逃走，隐居此地，常在水边钓鱼。周文王访知子牙乃贤士，遂以礼相聘，封为太师。因辅佐文王之子武王伐纣灭商有功，封为齐侯。后来，人们把姜子牙垂钓的地方，称为"钓鱼台"。

2. 姜太公祠

位于山东临淄永流镇张家庄太公衣冠冢北侧。姜太公在公元前11世纪被封于齐，为齐国第一代国君。他在任期间，"通商工之业，便鱼盐之利，人民多归齐，齐为大国"。卒葬于周，齐人思其德，葬衣冠于此。衣冠冢高28米，南北长50米，东西宽55米。1993年，在姜太公衣冠冢北侧建姜太公祠，总占地面积30000平方米，主殿为歇山式挂廊配殿，各三楹，现为名人书画展厅。

进门所见的"姜太公祠"四个大字是我国著名的书法家、全国佛教协会会长赵朴初先生题写的，大门两侧各一座威武的雕像，即青龙、白虎二星君。

主殿供奉着姜太公的彩绘圣像，殿壁有反映姜太公贫困生涯、避纣去商、习武著书、牧野大战、封齐就国、破莱争丘、太公治齐、惩治不训、周王授权、传子归国等不平凡一生的壁画。

四、蚕马献丝

黄帝战胜蚩尤以后非常高兴，命令手下的乐官演奏乐曲，让战士们随着音乐跳起雄壮威武的舞蹈，以此来庆祝自己的胜利。

就在黄帝作乐庆功时，天上下来了一位神仙。她手里拿了两捆细丝，一捆像金子一样灿烂，一捆像白银一样耀眼。神仙自称是蚕神，特地把精

美的蚕丝献给黄帝。

蚕神是一个美丽的女子，唯一让人觉得奇怪的是，她身上披着一张马皮。这马皮就好像长在她身上一样，而不是穿在身上，根本不能取下来。如果蚕神把马皮左右收拢一些，那么马皮就会整个地将她包围，女子就会变成一条白色的虫，长着马一样的头，人们称为"蚕"。

黄帝觉得很奇怪，谢过了蚕神的礼物，就询问她的情况。蚕神说，她住在北方的荒野，那里有三棵高达百丈、并列生长、只有主干没有枝丫的大桑树。她常常半跪着趴在一棵树上，以桑叶为食，不分昼夜地从嘴里吐出闪光的丝，用这些丝就能织成美丽的丝绸，她住的荒野因此叫作"欧丝之野"。

黄帝听了大为赞赏，就让蚕神教妇女缫丝纺绸。黄帝的妻子嫘祖也亲自培育蚕宝宝。百姓纷纷效仿，蚕大量生息繁衍。从此，中华大地上就有了美丽的丝织品。

五、孔甲养龙

孔甲是启的子孙。他当国王的时候，不理朝政，只关心鬼神，享受宴乐等。他最喜欢的是养龙，他有两条龙，养在自己的宫殿里。可是养龙并不是一件容易的事情，需要专门的人来喂养它们。这样的人才一时之间并不容易找到，孔甲找了很长时间，才找到学了几天养龙术但还不是很精通的刘累。虽然刘

累不是最好的人选，但是有总比没有要好。

刘累本来是尧的后代子孙，因为家里衰微了，自己又没有什么特别的本领，就跑去学了几天养龙术。他还没有学精通的时候，就迫不及待地想试一试身手。

结果没养几天，刘累就把雄龙给养死了。他知道自己闯了大祸，干脆一不做，二不休，让人把死龙从池子里拖出来，去除鳞片，剔去骨头，将龙肉剁成细细的肉膏，放在鼎锅里蒸好，给孔甲献了上去，还声称是自己在野外打到的野味，特意请主君尝鲜。孔甲吃了下去，还连声称赞味道好。

等过了几天，孔甲想看两条龙的表演，就让刘累带出龙来。刘累撒谎说雄龙病了，于是只有一条精神萎靡的雌龙勉强应付了过去。次数多了，孔甲就觉得事情有点不对。等他发现时，已经太晚了。

大发脾气的孔甲一定要刘累交出雄龙，刘累连夜跑回了老家，再也不敢提养龙的事情了。这时，有人向孔甲推荐一个养龙人，叫作师门。他本身就有奇异之处，经常以桃李花为食，能够像上古的赤松子和宁封子一样，点一把火，自己跳进火里，然后就趁着一阵青烟，飞升上天。

孔甲大喜，急忙请了师门来，师门也确实有本领。在他的调教下，那条雌龙变得容光焕发，精神振作。

师门本事大，脾气也大，孔甲起初还能忍受他。过了不久，孔甲心想：我是堂堂一国之君，我请你来养龙，你就应该听我的，结果现在变成了国君看养龙师傅的脸色了。他越想越生气，平时任性妄为的脾气又上来了。

孔甲终于受不了了，当师门当面批评孔甲的可笑行为时，孔甲立刻让人把他拖出去杀了。师门十分不屑地说："砍头对我来说没什么，像你这样妄自尊大的人，自己输了还不知道。"说完就跟着卫士出去了，并没有害怕的

神色。

一会儿，卫士将师门的头捧上来请孔甲过目。孔甲担心他的鬼魂在宫里作祟，就赶紧让人埋到荒郊野外去。谁知尸体刚刚埋下，天上就刮起大风，下起大雨。当风雨停息以后，附近的山林就莫名其妙地着火了。火光熊熊，烈焰照天，很多人去扑火，但都扑不灭。大家都说是因为师门有冤才会有这种异象。

从此之后，再也没有人敢给孔甲养龙了，他的情绪极度低落，加上他的年纪已老，常常做噩梦，很快就一命呜呼了。

孔甲、刘累所养的龙，实际上可能是大鱼。孔甲一贯装神弄鬼，他把大鱼说成龙，编造说这些"龙"是天帝赐给他的，以此愚弄天下人，来巩固自己的统治。但是，孔甲不问政事，专搞这些荒唐无稽的迷信活动，反而使国家越来越乱。

六、周邯处士

大唐贞元年间，有一个喜欢文学的豪杰之士名叫周邯。有一天，他遇到一个彝族人贩卖一个十四五岁的奴隶。主人热情地介绍说这奴隶善于入水，在水里就像在平地上一般，让他沉到水底，即使经日移时地不上来，他也始终都不觉得胸闷气短。这个人还吹嘘说，这个孩子对四川本地的小溪、沟壑、深潭、山洞都十分清楚，没有他没去过的。

听他这么说，周邯毫不犹豫地买了这个奴隶，给他改名叫"水精"。周邯每次从蜀地坐船来往，游历山川，出山峡，到江陵，经过瞿塘峡、淞濒堆的时候，都会让水精沉到水底，去看看水到底有多深，以避开水下的巨石、暗礁之类的东西。水精纵身入水，过了一会儿出来，还捞得许多的金银器物，周邯高兴坏了。

这一次，他沿江流来到江都，经过牛渚矶，因为周邯听说这里最深的地方，是东晋将领温峤燃烧犀角照水怪的地方，他又让水精沉下去。过了一会儿，水精捞上来一块宝玉，并说水底下有水怪，自己说不准是什么样子，水怪们都做出张牙舞爪的样子，好像要抓他，自己为了免祸，所以早早出来了。这么一来，周邯也成为当地的巨富。

几年后，周邯有一个叫王泽的朋友在相州做太守，周邯去拜访他。王泽很高兴，天天与周邯一起游览、欢宴。一次，二人一起来到州北隅的八角井边。这口井，井口宽三丈还多，早晨和晚上烟云蒸腾，弥漫出一百多步外。黑夜，有火红的光从井里射出来，可照出一千尺远，看东西像白天一样清楚。传说，有一条金龙潜伏在井底，久旱不雨的时候，人们到井边来祷告，也很灵验。

王泽说："这井里理应有至宝，只可惜没有办法探究它的深浅和虚实罢了。"周邯笑着说："这个嘛，非常容易！"于是就对水精说："你要能潜到水底，看看井里有什么怪异，王泽会重重地赏你。"水精已经很长时间没下过水了，于是，很高兴地脱了衣服下去了。很长时间才出来，对周邯说："我看见了一条很大的黄龙，它的鳞甲好像是金色的，抱着几颗夜明珠在那儿睡觉。我想把夜明珠抢过来，但是手中没有兵刃，又怕那龙忽然发觉，所以没敢动。如果能有一把利剑，即使龙发觉了也可以把它杀死，那就没有什么可怕的了。"

周邯和王泽非常惊喜。王泽说："我有一把非常锋利的剑，是一把不同寻常的宝剑，你可以拿我的剑下去把夜明珠抢来！"水精喝了些酒，带着剑就下去了。过了一会儿，四面看热闹的人围得像墙一样。忽然，水精从井里跳出来跑了几百步远，接着一条几百尺长、爪牙锋利的金龙从空中来抓水精，人和龙都退入井中。周围的人心惊胆战，不敢近看。周邯心疼他的仆人水精，王泽心疼他锐利的宝剑，二人逡巡不定。

有一位身穿褐裘、相貌古朴的老人对王泽说："我是土地神。先生怎能这么轻视自己的百姓？这口井里的金龙，是上天的使者，主宰那些瑰璧，泽润一方生灵，哪能趁龙睡觉的时候去抢夜明珠呢？龙忽然震怒，摇动天关，摆动地轴，捶碎山岳，砸碎丘陵，百里大地变成江湖，万人之众都要喂鱼鳖。到那时候，你的骨肉怎么能保得住呢？从前钟离不爱其宝，孟尝君自返其珠。你不学他们，却纵使贪婪狡诈之徒，鼓动狡诈贪婪之心，肆无忌惮地去夺宝。现在他已经被龙吃掉了。"王泽羞愧悔恨，无言以对。老人又说："你必须马上悔过并且祷告，不要让金龙太生气了！"老人说完倏然离去。王泽立即准备供品祭奠。

知识小百科

土地神的由来

中国古代就有奉土祭社的礼俗。社者,地方之最小行政单位。《礼记·祭法》篇注称:"大夫以下包士庶,成群聚而居,满百家以上,得立社。"《汉书·五行志》又称"旧制,二十五家为一社",古人尊天而亲地,"土地广博,不可遍敬,故封土为社而祀之,以报功也"。为报答大地之恩赐而奉土祭社,东汉时即称社神为社公或土地,而称土地者更甚。社神初无姓名。东晋以后,民间以生前行善或廉正之官吏为土地神,遂有人格及姓氏。道经《道要灵祇神鬼品经》的《社神品》中曾引用《老子天地鬼神目录》,称:"京师社神,天之正臣,左阴右阳,姓黄名崇。本扬州九江历阳人也。秩万石,主天下名山大神,社皆臣从之。"明清以后,民间又多以名人作为各方土地。

自东晋以后,随着封建国家从中央到基层官僚制度的逐渐完善,土地神也演变成在道教神阶中只能管理本乡本土的最低级的小神。东晋的《搜神记》卷五称广陵人蒋子文因追贼而死,东吴孙权掌权后,蒋子文显灵说道:"我当为此土地神,以福尔下民。"

土地神在后世民间被称为"土地",而祭土之神坛(社坛)则演变为土地庙。在中国民间驳杂浩繁的神圣家族中,土地神算得上是最有人缘的尊神了。旧时中国农村的村落里,可以没有其他神庙,但不能没有土地庙。土地庙里住着土地老爷,如果庙堂宽敞,供养丰足,也会把土地奶奶搬来同住。土地爷是一方父母官,地头上的事,无论大小,他都得管,都管得到。魑魅

> 魍魉、妖怪邪祟之流,也得到土地爷那里登记注册上户口,因此就连大闹天宫的齐天大圣孙悟空也有求到土地神的时候。
>
> ——傅璇琮主编,泰山出版社《古代神话》.2012年

七、司命真君

相传有一天,司命真君的母亲梦见满天都是一丈多高的仙人,旌旗车盖遮蔽了她家的宅院,有一道金黄色的光照在她身上,于是她受孕生下司命真君。司命真君生下来就异于常人,他睁着眼,张着口,像是要咧嘴大笑的样子。

司命真君虽然是一个神仙,可是,他常常生活在民间。在其幼小的时候,与唐元瑰是同学。司命真君非常聪慧,诵读诗书,唐元瑰根本比不上他。十五六岁时,司命真君突然消失了很长一段时间,大家都猜想他大概是周游天下寻师访道去了。

宝应二年(763年),唐元瑰充当河南道的采访使。有一天,他来到郑州的郊外,远远看到一个人,感觉很眼熟,走近一看,竟然是司命真君。司命真君衣衫褴褛,脸色憔悴。唐元瑰与他叙旧,问他这些年的生活和经历是怎样的。司命真君说:"相别之后,我也没有做什么特殊的事情,只是修身养性而已。"接着,他又盛情邀请唐元瑰到他家里去看看。于是,司命真君和唐元瑰二人一起前往司命真君的住处,唐元瑰的马匹和随从留在客栈里等候。

说话之间,司命真君已经把唐元瑰领到了闹市区的一侧,来到一扇低矮简陋的门前。二人刚走进门,门便自己关上了。第二道门比第一道门略微宽广一些,二人又进了一道门,发现了一间很大的屋子。司命真君请唐元瑰在门外稍候,自己先进去摆放座席。许久,司命真君才出来迎接唐元瑰。唐元瑰突然发现司命真君变得容光焕发,年轻了好多,好像只有二十几岁的样子,头顶云冠,身披霞衣。他左右两边的玉童侍女有三五十名,他们艳丽的容貌和华美的服饰,都是世间所没有的。

唐元瑰一时目瞪口呆,心里想:"刚才司命真君还是穷困潦倒的样子,

怎么顷刻之间，家里的装饰和摆设这么富丽堂皇了？"他弄不明白是怎么一回事，但是也不好意思询问。

司命真君领唐元瑰到正堂，所见到的山珍海味和瑰丽奇异的器皿，就连帝王家的筵席也无法与之相媲美。吃过饭菜之后开始饮酒，司命真君与自己的妻子坐在一起，对唐元瑰说："不能让你自己独坐。"于是就叫来一个女子坐在唐元瑰的身边，陪他喝酒。唐元瑰一看，竟是自己的妻子，心里就更加纳闷了，自己的妻子明明在家里呀？

紧接着，就是奏乐畅饮。大醉之后，二人各自散去，最终还是没来得及述说缘由，唐元瑰也就无从知道司命真君这几年的生活和这些法术的来龙去脉。天快亮的时候两人依依惜别，司命真君送给唐元瑰一把金尺和一把玉鞭。出门走了几里，唐元瑰就让人打听他来时的那个地方，但那地方已经消失得无影无踪了。等回到京城，他问妻子在他不在的这段时间里，可曾发生过异常的事情。妻子也是一脸迷惑地说："有一天我昏沉沉地想睡觉，来了一个穿黑衣服的仙人，说司命真君让我去陪你喝酒，我就迷迷糊糊地跟着他去了。到了司命真君的宫殿之后，看见他和你一块喝酒，我也就和你们一块儿喝酒了。"她所描绘的司命真君的宫殿的摆设、仆人、饮食、果蔬，和唐元瑰见到的一模一样。可见这件事是千真万确的。

10年之后，唐元瑰奉命出使江岭，在江西停船时，看到司命真君在岸上，就离船上岸，和司命真君一起来到一所草堂，又一次来到了仙境。司命真君又留他吃饭，只是歌舞之类的艺姬和丫鬟以及侍卫人员，略多于前一次二人相见的规格，而且全都不是上一次见到的那些人。等到散了席，司命真君赠给唐元瑰一件饮器。饮器的质地像玉却不是玉，像金却不是金，他也不说这东西叫什么名，从此话别，二人再没相见。唐元瑰不知司命真君主管的是天上的什么事，修的是什么道，也不知司命真君在仙界的品位高低。为此，唐元瑰惆怅了好长一段时间，懊悔自己没有询问清楚。

有一天，一位姓胡的商人到唐元瑰的住所里来，说："远远看见你的宅第中有稀奇珍宝的气象，可否让我见识见识。"唐元瑰把家里所有他认为值钱的东西都拿出来给这个商人看。可是，这个商人看了之后，都摇头说不是,还埋怨唐元瑰不该隐藏自己的宝贝。

唐元瑰左想右想,实在不知道自己还有什么值钱的宝贝。妻子提醒他说:"这个商人所说的宝贝,难道是司命真君赠送你的那个不知名的东西?"于是,唐元瑰把司命真君赠他的饮器拿出来给那商人看。那个商人肃然起敬,跪下之后良久才把饮器接过去,捧着饮器点头说:"这是天帝的流华宝爵呀!如果放到日光下,就能白气连天。如果放到盘子里,就能红光照室。"商人立即和唐元瑰就着日光试验,果然白气像云那样蒸蒸而上,与天连到一起。

知识小百科

灶 神

灶神全称"东厨司命灶王府君定福神君",又称"灶君""灶神""司命真君""九天东厨司命""护宅天尊""灶王",北方称他为"灶王爷",也就是厨房之神。

灶神之起源甚早,商朝已开始在民间供奉,及周礼以吁琐之子黎为灶神等。灶神之所以受人敬重,除了因掌管人们饮食、赐予生活上的便利外,灶神实际上是玉帝派遣到人间考察一家善恶之职的官。灶神左右随侍两神,一捧"善罐"、一捧"恶罐",随时将一家人的行为记录保存于罐中,年终时总计之后再向玉帝报告。农历十二月廿四灶神离开人间,上天向玉帝禀报人间家家户户的善恶,所以家家户户都要"送灶神"。

祷词常见的是:"今年又到二十三,敬送灶君上青天。有壮马,有草料,一路顺风平安到。供的糖瓜甜又甜,请对玉皇进好言。"另一版本是:"灶王爷,本姓张,骑着马,挎着枪,上天言好事,下界保安康。"

因为灶神监察人间善恶,并在年底禀报天庭。农历年底送神日,人们很谨慎地祭拜灶君像,如无供奉画像者,则用红纸写上"司命灶君神位""敬奉司命灶君"等类字样,贴在炉灶上祭拜,供奉肉食、糖

> 饼、茶酒、水果等等。有些人甚至会准备牧草或生鲜蔬菜（如生的红萝卜、地瓜、黄瓜等）供奉灶君所乘之骏马。在唐代著作《辇下岁时记》中，间有"以酒糟涂于灶上，使司命（灶君）醉酒"的记载。继承此俗，有些地区的人在祭灶时，还要把糕点、糖浆、糖粉之类的甜食涂在灶君像的嘴上，希望灶君不在玉帝那里讲自己家的坏话，以避免上天的责罚。

八、任顼救龙

唐朝建中年间，有一个书生，名字叫任顼，他极其喜欢读书。他居住在深山里，有老死深山的志向。有一天，他关上门，大白天坐于家中，刻苦研读圣贤之书。突然，一个相貌俊秀、穿黄色衣服、挂着拐杖的老头敲门前来拜访他。任顼把他迎进庭院里来，坐下来与他说话。谈了半天，任顼见他脸色沮丧，就问他说："您为什么脸色如此沮丧呢？莫非老人家您有愁事吗？是家里的吃穿用度不够？欠人钱财？还是你家里有病人，你惦记得太厉害了？我这里实在是没有什么值钱的东西可以变卖来给你，可是如果是别的事情，只要您不嫌弃，和我说一下，也许我也可以出谋划策呢？"

老人说："果真是这样。我忧愁地等你问我已经等了很久了。我不是人，是一条天上的龙。往西去一里，有一个大水池，我在那里住了几百年。现在祸事就要来了。除了你，谁也不能帮我摆脱灾祸，所以我来求你，有幸你现在就问我，我就能说出来了。"

任顼连忙摆手，半信半疑地说："我是尘俗中人，只知道有诗、书、礼、乐，其他的术业我就不懂了。何况是天上的事情呢？我怎么能使你摆脱灾祸呢？"老人说："只要我把话告诉你，不用借助其他道术，只是劳驾你说几十个字罢了，你一定要救我！"任顼说："那就教我说吧。"

老头说："两天之后的早晨，请你到大水池来一趟。正当中午的时候，有一个道士自西而来，他就是要迫害我的人。这道士会先把我居住的池中的水弄干，接着就要杀我。等到池水干了，你就尖声喊道：'上天有命令，杀黄龙者死！'说完了，水池应当又满了。道士一定又施法术，你就再喊。如此喊三次，我就能保全性命了。我一定会重重地报答你，希望先生不要有其他顾虑。"任顼答应了他。

两天后，任顼如约来到大水池，坐在水池旁边等着。到了正午，忽然有一片云，从西边的天空慢慢飘来，缓缓降到水池边，有一个道士从云中走出来。这道士身体颀长，一丈还多。道士立在池边，从袖子里取出几张墨色的画符，把它们都扔到池中。转瞬之间，偌大的、深不可测的池水就全部干涸了。任顼看见一条黄龙紧贴着池底，俯卧在泥沙之中，在艰难地喘着粗气。他立即大声喊道："上天有命令，杀黄龙者死！"喊完，池水马上又涨满。道士生气了，就从袖中又取出几张红色的画符投到池中，池水又干了。任顼又尖声大喊，喊法和刚才一样，池水就又满了。道士气坏了，不到一顿饭的工夫，就取出10多张红色符向空中抛去，红符全都化成红云，红云又落到池中，池水再一次枯竭。任顼照样再高喊一次，池水再一次溢满。道士看着任顼说："我花费了十年的工夫才弄到这条龙吃，你一个读书人，为什么还要救它这个异类呢？"他愤怒地责备了任顼几句，便拂袖生气地离开了。任顼也回到山中。

这天晚上，任顼梦到前几天那个老头对他说："全仗你救了我，不然我已经死在道士手上了。我心里对先生你感恩戴德，来世做牛做马，也难以报答先生的大恩大德。即使千言万语也难以表达这种心情，现在奉给你一颗珍珠，你可以在池边找到，用来表达我对你的感恩之情。"后来，任顼果然在池边草丛中找到一颗直径一寸的大珍珠，一般人根本没有见过这么珍异的宝贝，自然也没人知道它的价值。

知识小百科

柳毅传说

书生柳毅落第回乡，途经泾阳遇一龙女。龙女受夫家欺凌，被赶到荒野上牧羊。柳毅同情龙女，代为传信给女父洞庭君。洞庭君之弟钱塘君性情暴烈，见信大怒，径赴泾阳，将龙女夫家之人杀死，救出龙女，并要将龙女嫁给柳毅。但因钱塘君言词傲慢，柳毅拒绝。龙女爱慕柳毅，遂变幻容貌，托名卢氏女，与柳毅终成眷属。

第六章

琼台女仙

一、王母娘娘

王母娘娘，亦称为"金母""瑶池金母""西王母"。据《山海经》的描写，西王母的外形像人，长着一条像豹子那样的尾巴、一口老虎那样的牙齿。王母娘娘披头散发，却佩戴玉胜，每天清晨和黄昏，踞于山头狂嘶猛吼。有三只红脑袋、黑眼睛的青鸟轮番外出给她寻找食物。她掌管天灾、瘟疫、刑罚，也炼制、收藏不死灵药，住在昆仑山的瑶池。王母娘娘蟠桃园里的蟠桃，食之可长生不老。所以，王母娘娘长生不老，寿与天齐。她所居住的昆仑山上有一只大鸟，名叫希有。这只鸟张开右翼，可盖住西王母之地；张开左翼，可盖住东王公之地。希有的背上有一块小小的地方没长羽毛，这小块地方有19000里。据说西王母和东王公正是借这只大鸟的翼当作一年一度相会之地。每年三月初三，王母娘娘都派仙女去摘蟠桃，然后在昆仑山西瑶池开蟠桃大会，请各路神仙去尝鲜。

王母娘娘十分威严，法力无边。传说天池中有一个水怪，经常乱施淫威，兴风作浪。搅得天池之水暴涨，淹没左右居民，百姓无家可归，四处流浪。有一年，王母娘娘在天宫举行盛大的蟠桃会。会上宴请了各路神仙，唯独忘记邀请这个天池水怪。水怪不悦，发威泄私愤，顷刻之间浊浪滔天，洪水四溢。天兵报告王母娘娘，王母娘娘大怒，旋即取下头上的一根碧玉簪投入水中，顿时风平浪静，水退石出。那根碧玉簪变成了一棵榆树，从此这棵树生长在天池水边，成为镇水之宝。这棵由王母娘娘头上的碧玉簪变成的榆树，被后人称为"定海神针"。

黄帝之后过了很多年，人间由虞舜代理国政，西王母派使者授给舜白玉环。舜即位，西王母又给他增大版图，于是舜将黄帝时的九州扩大到十二州。

知识小百科

众神之山——昆仑山

昆仑山是西北大荒中的神山,位于西海之南、流沙之滨、赤水之后、黑水之前,原先是天帝在大地上的统治中心。

据说昆仑山高一万一千里零一百一十四步又零二尺六寸,四周有九重山重叠包围。山的外面被深渊包围着,深渊的名字叫作"弱水",意思是即便轻如羽毛,也会在这不能承受任何重量的河流中沉没下去。弱水外又环绕着炎炎的火山,山上有一种烧不完的火,不论风吹雨打,永不熄灭。火中生活着一种大老鼠,身体比牛还大,重达千斤,身上的毛有两尺长,细滑如丝,这种老鼠一离开火,用水一泼就会死掉。这种老鼠的毛可以用来织布。用这种布做的衣服,永远不用洗,穿脏了只要在火中一烧,就洁净如新,称为"火浣布"。

昆仑山上有一种沙棠树,形状像海棠,黄花赤实,果实无核而味道像李子,非常甘美。还有一种树叫琅玕树,高大绝伦,枝条、花朵和叶子都是玉生成的,青葱可爱,微风吹起,枝叶相击,所发之声,清新悦耳。琅玕树由一位名叫离朱的天神看守,他有三头六眼,因为三个头轮流睡觉,所以不分昼夜总有一双眼睛注视着琅玕树的动静。琅玕树上能生长美玉,状如珍珠,宫中的凤凰和鸾鸟都以此美玉为食。山上还有株树、玉树、漩树、不死树、绛树、碧树、瑶树。山的最高处有一株稻子,叫作"木禾",长达四丈,需五人合围。山里面还有一种总是吃不完的生物,样子像牛肝,中间生了一对小眼睛,没有四肢百骸,叫作"视肉"。

最上重的那一座城,有440个城门,每个城门的宽度大约四里,城中最大的宫殿足有100里,名叫"倾宫"。又有一室,处处以玉装饰,极其华丽,有机关可以使它旋转,要它朝东就朝东,要它朝西就朝西,所以名叫"旋室",又叫"漩室"。400多个城门之中,有一个名叫"阊阖门",就是西门,内有一个蔬圃,是天帝的菜圃,四面浸以黄水,黄水绕流三周,仍归回原处,自古以来不增不减。此水又名"丹水",凡人饮它一勺，就可以长生不死。西王母的不死之药，就是用丹水配制的。

这座壮丽的行宫共有5座城池、12座楼阁，四周围着白玉栏杆。东西南北每个方向有9口井，用玲珑剔透的玉石做井栏。另外有9扇门，正门对着东方，每天早晨迎接旭日光辉。此门由神兽陆吾把守，陆吾即开明兽。开明兽体态怪异，像虎一样但长着9条尾巴。天帝的苑囿、田圃中的时令与节气，也都归它管，堪称天帝的大管家。

宫殿的西边，有神异的"凤凰""鸾鸟"，它们头上戴着蛇，脚下踩着蛇，胸部还盘踞着赤蛇。北边有"珠树""文玉树""琪树""不死树"等神异植物。东边有一大群希望能攀缘天梯并以此沟通神人的巫师，比如，巫彭、巫抵、巫阳、巫履、巫凡、巫相等，他们互相环绕在一起，每个人手中都握着"不死之药"，希望能抗拒凡人的死亡，祈求复活。南边有六个头的"树鸟"，以及蛟龙、大蛇、豹子，还有说不出名字的各种植物、动物等等。

昆仑山周围不知几千万里，住着许多神仙，西王母居于西北隅，东王公则住在东北隅，都只是昆仑的一部分。昆仑山上的奇花异卉、异兽珍禽，多得不可胜数。

——傅璇琮主编，泰山出版社《古代神话》，2012年

二、海神妈祖

相传妈祖原名林默，出生于宋代（或曰五代末年）福建兴化郡莆田县湄洲岛。其父林愿，是当年宁海镇都巡检官，其母陈氏是当地的望族之后。

一天晚上，陈氏梦见观音大士对她说："你家行善积德，今赐你一丸，服下当得慈济之赐。"于是，陈氏便怀了孕。一天傍

晚，陈氏将近分娩，见一道红光从西北射入室中，光辉夺目，香气飘荡，久久不散。又听得四周隆隆作响，好似春雷轰鸣。陈氏感到腹中震动，妈祖降生。她出生至满月，一声不哭，因此，父亲给她取名"默"，小名默娘，又称"林默娘"。

林默有一个哥哥、五个姐姐。她幼而颖异，不满周岁，还在襁褓之中的时候，看见诸神的塑像，就合手作欲拜的样子。5岁能背诵观音经。8岁时到一所私塾读书，老师所教文章她能很快融会贯通。10岁余，她信佛诵经，早晚不懈。13岁时，老道士玄通经常往来她家，对她说："你具仙性，应得度入正果。"于是传授给她"玄微秘法"。她依法修炼，均能领悟要旨。

林默16岁时，与一群小女孩闲游嬉戏，照妆于井中，忽见一个神人捧一双铜符，拥井而上，后有仙班簇拥着，把铜符授给她。女伴们都吓得撒腿跑开，林默则大大方方地接受了这个礼物，不一会便灵通变化。此后，她虽身在房中，却能时常神游四方，谈吉凶祸福，没有一次不应验的。林默还能驾云飞渡大海，拯救海难，还经常为人治病消灾。远近的人都很感激她，并称她为"神姑""龙女"。

林默16岁那年的秋天，有一天，她的父兄驾舟渡海北上。当时林默正在闺房中精心织布，忽然伏在织布机上闭起眼睛，脸色突变，一手抓梭，一手扶杼，两脚紧踏机轴，拼尽全力在挣扎扶持，唯恐失去什么。她的母亲发觉后，十分惊恐，急忙把她叫醒，林默因此失手将梭掉在地上。她睁开眼睛，跺着脚，号啕大哭，说："我的父亲得救，哥哥却坠海死了！"

她的母亲陈氏听罢，十分惊慌，连忙差人打听消息。不一会儿有人来报，林默所言果然属实。当时她的父亲在怒涛中，仓皇失措，几次将要翻船，又好像暗中有人在帮助他们稳住船舵，与她哥哥的船靠近，无奈她哥

第六章　琼合女仙 / 111

哥已是舵摧舟覆了。当时林默闭着眼时，脚踏着的是父亲的船，而手抓的是哥哥的船舵。母亲把她叫醒，梭坠地，她哥哥的船舵也就倾覆了。父亲脱险返航，而她的哥哥则被汹涌的浪涛所吞没。

林默一生没有嫁人，她经常驾船出海，凭着自己的好水性救助那些遇难的人。林默死后，当地人修了庙宇祭祀她，并称她为"神女""龙女""妈祖"。她的神灵不时出现在海上救助人们。

宋徽宗时期，给事中路允迪奉旨出使高丽国。他率领的船只行驶到渤海海域时，忽遇大风，一下子刮翻了七八条船。路允迪十分惊恐，跪在船板上祈求神女保佑。这时，路允迪觉得船平稳了，他睁开眼睛一看，一个红衣女子站在船头。靠着神女的保佑，路允迪的船只摆脱了风浪，安全地驶向高丽国。回朝以后，路允迪将此事报告给了宋徽宗，宋徽宗听后，为林默的庙宇题了一块"顺济"的匾额。自宋以后，历代帝王都嘉奖过神女的灵迹，对林默的册封多达40次。

知识小百科

妈 祖

妈祖是以中国东南沿海为中心的道教海神信仰，又称"天上圣母""天后""天后娘娘""天妃""天妃娘娘""湄洲娘妈"等。为妈祖察、听世情的两大驾前护卫神，分别为左手持方天画戟、右手举至额前作远视状的"千里眼"（又称"金精将军"），以及左手持月眉斧头、右手举至侧耳作听音状的"顺风耳"（又称"水精将军"）。

自北宋开始神格化，被称为"妈祖"并受人建庙膜拜，复经宋高宗封为"灵惠夫人"，成为官府承认的神祇。妈祖信仰自福建传播到浙江、广东等沿海省份，并向日本、东南亚（如泰国、马来西亚、新加坡、越南）等地传布，天津、上海、南京以及山东、辽宁沿海均有天后宫或妈祖庙分布。

在明朝永乐、宣德年间郑和下西洋时期，是妈祖信仰向海外传播的高峰。此外，随着大量而不间断的华人海外移民活动，妈祖信仰的传播范围更广、更深，各地华埠（尤其是沿海地区）多见妈祖庙的踪影，譬如日本长崎、横滨的妈祖庙，中国澳门的妈阁庙，马来西亚吉隆坡天后宫，菲律宾隆天宫，中国香港的铜锣湾天后庙，乃至于欧洲和美洲也都建有妈祖庙。

三、骊山老母

骊山老母原是玉帝的三公主。九霄三首凶龙逃往凡间作孽，玉帝派她下凡追捕，途遇前往桃山求道的书生杨天佑，二人一见钟情，喜结良缘。

喜事传至天宫，玉帝大怒，意欲发兵问罪。观音怕生灵涂炭，亲自带旨下凡敦促三公主回天庭。这时，他们夫妻已产下一子，取名杨戬。杨天佑攻书习武，全家其乐融融，因此三公主不肯遵旨回天，观音只得转达圣意："若不遵旨，罪及天佑父子，永遭沉沦。"三公主思夫及子，只好诀别亲人，含泪上天。因为犯了天规戒律，三公主上天后，被玉帝压于桃山之下。

十余年后，杨戬于玉泉山寻得玉鼎真人，拜师学法。真人授其神功，并告知他的亲娘被压于桃山之下，让杨戬前往相救。杨戬因而怒发冲冠，前去厮杀。一片孝心使玉帝为之感动，特降旨放出三公主，让他们合家团圆。

三公主风华绝代，世间时有俗人惊其艳丽，乃生邪念，欲思轻侮。自此以后，三公主不再以少女姿容出现，遂装为老妪。人乃以老母称之。

后来，骊山老母在骊山受人间烟火，她常常施行神法，为人们指点迷津。书生李筌喜好神仙之道，经常游历名山，广泛采集方术。他在嵩山虎口岩石室中，得到了黄帝的《阴符》，但

始终不明白《阴符》的义理。后来，他到陕西去，走到骊山脚下，遇到一个老妈妈。这个老妈妈的发髻从鬓边梳到头顶，其余的头发半垂，虽然穿着破衣服，拄着拐杖，但是神情状态很不一般。

老妈妈看到路旁有遗火烧树，就自言自语地说："火生于木，祸发必克。"李筌听到这话很惊讶，就上前问她："这是黄帝《阴符》中的秘言，老妈妈怎么能说出它呢？"

老妈妈说："我接受这个符，已经三元六周甲子了。三元一周，共计180年，六周共计1 080年了。年轻人，你从哪里得知《阴符》的呢？"李筌行过稽首礼又行拜礼，详细地告诉老妈妈他得符的地方，趁便请问《阴符》的玄义。

老妈妈让李筌正面站立，向着亮处，看了看他的相貌，说："接受《阴符》的人该当名列仙籍，骨相应当成仙。如果不是这样的人，反而会受到责罚。"于是拿出朱砂写了一道符，穿在拐杖尖上，令李筌跪着把它吞下去，说："天地保佑你。"接着，老妈妈命李筌坐下，给他解说《阴符》的意义。说完这些道理，她又对李筌说："已经到吃饭的时候了，我有麦饭，一起吃饭吧！"

老妈妈从袖子里拿出一个瓢，令李筌到山谷中去取水。瓢里的水满了以后，瓢忽然有100多斤重，李筌的力气小，不能控制，瓢就沉到泉水中了。李筌回到树下时，老妈妈已经不见了，只是在石头上留着几升麦饭。李筌惆怅地等到晚上，也没有再见到她。李筌吃了麦饭以后，从此不再吃饭，就绝食求道，不知所终。这个老妈妈就是骊山老母。

四、麻姑献寿

人们为老人祝寿时,是有男女之分的。女寿星图中画的是麻姑,画中的麻姑腾云驾雾,一手拿着自制的寿酒,一手拿着王母娘娘赠送的仙桃,酒和桃成了麻姑图中不可缺少的两样东西。也因此,酒和桃在人们心中成了长寿的象征。

麻姑是豫章郡建昌府人。麻姑的父亲叫麻秋,麻姑长得俊美俏丽,心地善良,可是她的父亲却以性情暴躁、凶恶专横出名。

一天,麻姑到山上采摘野果,好不容易找到一个大桃子。她舍不得吃,把桃子揣在怀里,想拿回家与父亲一起尝鲜。

麻姑在回家的路上见到一位身着黄衣衫的老婆婆躺倒在地上,奄奄一息。周围有几个人说:"老婆婆是饿的,如果吃点东西,也许会好的。"可是,大家只是说着,谁也没有拿出东西给老婆婆吃。麻姑看不过去,就拿出那只桃子,蹲下身来扶起老婆婆,用桃子喂她。桃子很甜,汁水又多,老婆婆吃了很快缓过劲来,苏醒了。周围的人也都啧啧地称赞麻姑。

老婆婆醒来后,说:"孩子,谢谢你,能不能给我喝点粥汤?"麻姑爽快地答应了。她把老婆婆扶到沿街的屋檐下坐着,自己则飞快地朝家里

跑去。

麻姑回到家，就立刻生火煮粥，等父亲回到家后，她就把街上发生的事情告诉了父亲。麻秋听了以后，非常生气，不让麻姑为老婆婆送粥，并把她关进了后屋，不许她外出。

半夜里，麻姑仍惦念着老婆婆的安危，等到父亲熟睡以后，就从锅里舀了一碗粥，偷偷跑了出去。但街上除了狗吠声，已经不见老婆婆的踪影，只有一个桃核留在那里，麻姑只好捡起来回了家。

早上起床，麻姑把桃核种在自家的院子里，一年的时间就长成了一棵大桃树。奇怪的是，这棵桃树每年正月里开花，三月里就结出又大又红的桃子，每年三月引来许多人看热闹。阴历三月正是青黄不接的时节，麻姑就用桃子接济附近一些贫困饥饿的老年人。更奇怪的是，老年人吃了麻姑送的桃子不仅能几天不吃饭不觉得饿，而且原来身上的小毛病也治好了。麻姑这才明白这个婆婆是神仙下凡。

后来国家打仗急需军事人才，麻秋也被征了兵，因为他骁勇善战，屡立战功而被封为征东将军，管辖包括自己原来住的这个集镇在内的一块地盘。战事平息以后，皇上下令让麻秋负责修建宫殿。为了讨好皇上，他抓来好多贫苦的农民，让他们一刻不歇息地劳作。

麻姑看不下去，就去劝说父亲，可是麻秋怎么也听不进去。麻姑同情劳工们的遭遇，常常瞒着父亲拿药给劳工们医治，有时还为劳工们缝补衣物。麻姑得知劳工们夜班时间很长，一直要做到鸡叫才能休息，她就来到鸡窝旁，学鸡叫，好让劳工们提早放工。这件事情很快就被麻秋知道了，他很恼火，把麻姑锁进闺房内，麻姑就想办法往外逃。麻秋听说后，想狠狠地痛打女儿一顿，但打开闺门，却怎么也找不到麻姑了。

原来，正在情势危急的关头，西天瑶池的王母乘坐云车，从此地上空经过。在她了解这件事的前因后果之后，连声称赞麻姑有仙根，当即决定收其为弟子，要她去南方的一座山里修道。

农历三月初三，是住在昆仑山上的神仙西王母的寿辰。每当寿辰之日，她都要设蟠桃会宴请众仙。百花、牡丹、芍药、海棠四位花仙采集了各色鲜艳芬芳的花卉，邀请仙女麻姑和她们同往。

有一年，麻姑用麻姑山山泉酿制了一坛酒带到蟠桃会，为西王母祝寿。来向西王母祝寿的列位神仙看到麻姑手里捧着一个土坛飘然而至，一个个掩嘴发笑，觉得麻姑的礼物太寒酸。可西王母心里明白，麻姑必定带来与众不同的好东西。她没等麻姑开口，便笑眯眯地给麻姑赐座。麻姑谢过西王母，说："今日娘娘大寿，小仙特用麻姑山的泉水酿制了一坛寿酒，为娘娘祝寿。"说毕，移步向前，揭开酒坛封口，清香飘满整个瑶池。神仙们都凑到酒坛边，交口称赞，连天宫几位专司仙酒的酒仙，也都赞不绝口。原来麻姑是用山上的泉水，配上各种名贵的草药，放了七七四十九天，才酿好这坛美酒。西王母大喜，封麻姑为虚寂冲应真人。

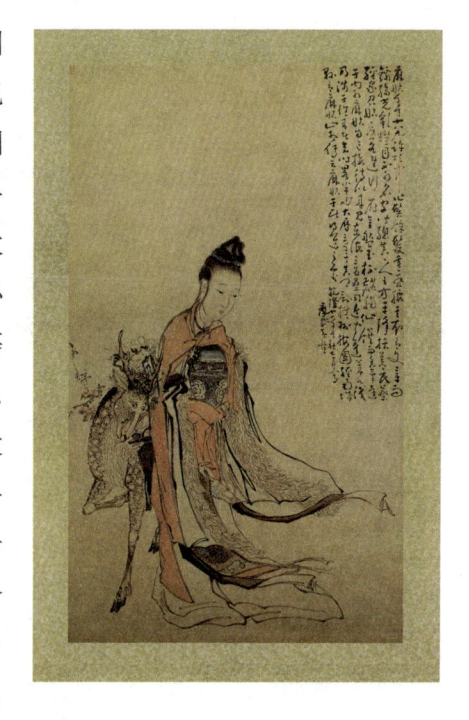

麻姑活了很久，她曾经说："我已经看见东海三次变成桑园田野了。刚才我到蓬莱仙洲去，看见岛周围的水，比上次我见时又浅了一半，是不是蓬莱仙洲的水也要干涸而变成陆地呢？"成语"沧海桑田"便由此而来。

知识小百科

麻 姑

今江西南城县西南十华里有座麻姑山，相传麻姑得道成仙于此。麻姑山有三十六峰、十三佳泉、五大潭洞。此处物产多与麻姑的传说有关，麻姑酒、麻姑茶、麻姑米，均享有盛名。

在民间俗信中，麻姑既是妇女的保护神，又是女寿星。旧时一些地方，凡为老年妇女祝贺寿诞，寿堂上必悬"麻姑献寿"图或供奉麻姑塑像，以求其保无疾、佑长寿。俗传阴历七月十五为麻姑生辰，故关中民间七月十五有"祭麻姑"的习俗。《列异传》中记载："神仙麻姑降东阳蔡经家，手爪长四寸。经意曰：'此女子实好佳手，愿得以搔背。'麻姑大怒，忽见经顿地，两目流血。"关于麻姑的来历，古籍和民间均有多种说法。一说是秦时丹阳人，生有道术，能履行水上，后被夫杀死，投尸于水，化作仙女；一说是后赵时麻秋之女，因悯民逆父，对家庭和现实不满，入仙姑洞修道飞升；一说是唐代放出的宫女，名黎琼花，修道飞升；一说是汉桓帝时弃宫入山修道成仙的王方平之妹。"于顶上作髻，余发散垂至腰。衣有纹彩，又非锦绮，光彩耀目，不可名状，皆世之所无也。"

关中民间传说则认为麻姑是秦时宫女。秦始皇死后葬骊山，秦二世令宫女数千人陪葬，麻姑同六名宫女逃出，入华山修道成仙，俗称"麻姑神"。唐代书法家颜真卿曾作《麻姑仙坛记》，记述麻姑修道之事。

五、云华夫人

云华夫人，是西王母第 23 个女儿，太真王夫人的妹妹，又叫瑶姬。她掌握回风、回合、万景、炼神、飞化等道法。

西王母命她管理瑶池，她过不惯天宫刻板寂寞的生活，受不了天庭神权法规的约束，非常羡慕人间的劳动和生活。于是，她经常悄悄地邀约姊妹 12 人到人间游玩。

一日，她带着众多的姐妹悄悄地离开了仙宫，遨游人间。一路上，仙女们飞越千峰万岭，阅尽人间奇景，十分欢快。岂料来到云雨茫茫的巫山上空，却见 12 条蛟龙正在兴风作浪，危害人间。瑶姬大怒，她决心替人间除龙消灾。于是，按住云头，用手轻轻一指，只听见惊雷滚滚，地动山摇。待到风平浪静，12 条蛟龙的尸体已化作 12 座大山，堵住了巫峡，堵塞了长江，使得滔滔江水，漫向田园、城郭，今天的四川一带当时变成了一片汪洋大海。

> ## 知识小百科
>
> ### 瑶 姬
>
> 关于瑶姬的神话传说有以下几种。
>
> （1）《山海经·中次七经》中记载瑶姬是玉皇大帝与王母娘娘的第23个女儿。之后下凡收服神蛟化作山峰，故称其为"巫山神女"。
>
> （2）《山海经》中记载瑶姬是炎帝的第三个女儿。刚到出嫁的年龄就去世了，她的灵魂飞到姑瑶山上化作了一棵灵芝仙草——瑶草。
>
> （3）《狮驼国》中记载瑶姬又名婉华仙子。
>
> （4）《瑶姬传奇》记载仙女瑶姬帮助凡间男子禹治理洪水而相恋的神话故事。《太平广记》引杜光庭的《墉城集仙录》称其为"云华夫人，王母第二十三女，太真王夫人之妹也，名瑶姬""时大禹理水驻山下，大风卒至，崖振谷陨，不可制。因与夫人相值，拜而求助，即敕侍女，授禹策召鬼神之书"。

六、太阴夫人

卢杞，唐朝大臣，字子良，滑州灵昌（今河南滑县西南）人。他年轻时家里很穷，在东都洛阳郊区的一所废弃宅院内租赁房舍。邻居是一个姓麻的老太婆，孤身独住。由于见卢杞一个人尚无婚配，便经常来到卢杞的住处，照顾他。有一次，卢杞罹患大病，躺了一个多月，病倒在城东的破庙里，只见古树荒草，鸟声嘈杂，久无人迹。麻婆就来给他做汤做粥，热情照顾。

病好以后，有一天晚上，卢杞从外边回来，看见一辆金犊拉着的车子停在麻婆的门外。卢杞很惊奇，心里想，麻婆怎么会有车呢？就上前去看。不一会，雷电风雨交加，风雨中变幻出楼台亭榭。一个衣着华丽的女子从天而降，年纪有十四五岁，惊鸿一瞥，像是一个画中的仙人。

这个女子对卢杞说："我是太阴夫人，奉玉皇大帝的命令，到人间来相亲。你有仙人气相，但是还要沐浴七天，然后再见。"不一会电闪雷鸣，黑云堆积，少女不见了，周围的古树、荒草依旧。

第二天，卢杞悄悄问麻婆这件事。麻婆说："莫非要谈婚论嫁吗？我与她商量一下试试。"卢杞叹了一声，说："我家境贫穷，又没有显赫的地位，哪里敢向这么好的女子求婚？"麻婆说："贫穷势微又何妨！俗话说得好，千里姻缘一线牵。可见，这是前生注定的事情了。"到了晚上，麻婆来了，对卢杞说："事情商量成功了。请你斋戒七日，在城东的废弃道观里相会。"

斋戒七日后，卢杞到了废弃的道观以后，看到的却是古树荒草，这里很久没有人住了，他迟疑地不敢向前。这时，雷电风雨突起，变化出楼台、金殿、玉帐，景物华丽。一辆有帷盖、帷幕的车子从空中降落下来，车上坐的就是前些日子的那个女子。女子对卢杞说："我就是仙界天人，奉天帝之命，到人间寻找自己的配偶。您有仙人的气相，所以我派麻婆传递心意。再请斋戒七天，当再见面。"女子呼唤麻婆，给她两丸药。不一会儿，雷电黑云又起，女子又不见了，古树、荒草还和原来一样。

麻婆与卢杞回去，卢杞又斋戒七天，刨地种药。药丸才下种，已经生出蔓。不一会儿，两个葫芦从蔓上生出，越变越大，像装两斗酒的大缸那么大。麻婆用刀把葫芦里面的东西刨出来，就与卢杞各坐一个葫芦，又让卢杞准备三件油衫。

卢杞刚刚跨上葫芦，就开始刮风下雨，两人乘坐的葫芦也凌空飞起。转眼间，就飞到碧空云霄之中，两耳只听见波涛的声音。四周白云密布，耳边呼呼风声不绝。过了一会，葫芦停下了，只见金碧辉煌的宫殿上有百多名奴婢伺候着那神仙少女。时间长了，卢杞觉得寒冷，麻婆就让卢杞穿上一件油衫，可是，卢杞还是感到如在冰雪之中，麻婆又让他穿到三层，这回卢杞才觉得暖和了。麻婆说："这里离洛阳已经八万里了。"又过很长时间，葫芦又停下来，就见到了宫阙楼台，里面都是用水晶造的墙壁，檀木造的桌椅，披着甲衣拿着戈矛的卫兵有好几百人。卢杞战战兢兢，不敢挪步上前。

麻婆只好领着卢杞去见前日见面的那个女子。紫色的宫殿之上，几百个女子随着那女子出来，女子命卢杞坐下，又命侍从准备酒筵，而麻婆笔直地、远远地站在众侍卫之下。女子对卢杞说："您能够从三件事中任意选取一件事：第一，修炼天上的神功，寿命和天地一样长久；第二，成为天下最有钱的人；第三，成为九州的宰相。不知道您想要哪一个？"卢杞说："修炼天上的神功，能够留在此处，实在是我最大的愿望。"女子高兴地说："这是水晶宫啊！我是太阴夫人，在仙界的位置已经很高。您留在这里，便是白日升天了。然而你的主意必须确定，不能改变，以免连累我。"女子就拿出青纸写表章，当庭拜奏说："这件事情，必须呈报天帝。"

又过了一会儿，听到东北一带有人大声说："天帝使者到！"太阴夫人与众仙赶快相迎。接着，便出现了使节香幡，引导着一个穿红衣服的年轻人立于阶下。穿红衣的年轻人传达天帝的命令说："卢杞！天帝看到了太阴夫人的奏折，说你愿意住在水晶宫。你打算如何？"卢杞没有说话。太阴夫人令他快答应，可是卢杞还是不说话。夫人与左右仙官都很害怕，赶快跑进宫殿，取出五匹上好的鲛绡，用它贿赂使者，想让他延缓一下时间。大约有一顿饭的时间，天使又问："卢杞！你想要住在水晶宫，还是做地仙，或者回到人间当宰相？"卢杞于是说道："能够留在此处，实在是我最大的愿望。"

七、成公知琼

魏晋时期，有一个官府里的小职员，名叫弦超，字义起。有一天晚上弦超独宿，梦见有个神女来侍从他。神女自称是天上的玉女，东郡人，姓成公，字知琼，早年失去父母，天帝觉得她孤苦无依而哀怜她，令她下界嫁人。弦超做这个梦的时候，精神爽快，感觉灵悟，觉得神女的姿容不是常人所能有的那么美，醒来的时候就怀着敬意想念她，接连三四个晚上莫不如此。

有一天，成公知琼真的驾着上有帷盖、四周有帷幕的车子，来到了弦超的家里。她有八个婢女相随，这些婢女都穿着罗绮制作的衣服，容颜姿色像飞仙的样子。她说自己有七十岁了，可是看起来却像十五六岁。车上有盛放酒壶的盒子，有各种奇异食品，还有餐具和美酒。

来到以后，她就与弦超共饮共食。她对弦超说："我是天上的玉女，被遣下嫁，所以来依从您，原因是前世时感运相通，应该做夫妇。我对您虽然不能有益，但能使您经常能够驾轻车、乘肥马，可以得到远方的风味和奇异的食品,有充足的丝绸锦缎可以使用。因我是神人,不能给您生孩子,也没有妒忌的性情,不会妨害您的婚姻之事。"

于是,他们结为夫妇。成公知琼赠给弦超一首诗:"飘遥浮勃蓬,敖曹云石滋。芝英不须润,至德与时期。神仙岂虚降?应运来相之。纳我荣五族,逆我致祸灾。"意思是说:我们俩就像漂泊无依的浮萍,有缘相聚,就应该珍惜。等到功德圆满,神灵自会降临。按照我的意愿,家族就会兴旺发达。忤逆我的意志,人生就会厄运连连。成公知琼又著阐发《易经》的书七卷,从其文意来看,既有义理,又可以占卜吉凶,如同扬雄的《太玄经》和薛氏的《中经》。弦超对它的旨意都能通晓,可以运用它进行占卜。

七八年后,弦超娶妻之后,他和成公知琼以及自己的妻子分日而宴乐,分夕而共寝。成公知琼夜间来早晨去,只有弦超能看见她,别人都看不见她。每当弦超要远行时,成公知琼就把车马行装安排好等在门前,走百里路不超过两个时辰,走千里路不超过半天,简直是风驰电掣、如踏飞轮。

弦超后来做济北王的门下小吏。那个时候,文钦作乱,魏明帝东征,诸王被迁移到邺宫,各王宫的属吏也随着监国的王爷西迁。邺下狭窄,四个吏员同居一间屋子。弦超独卧时,成公知琼照常能够往来,同室的人都

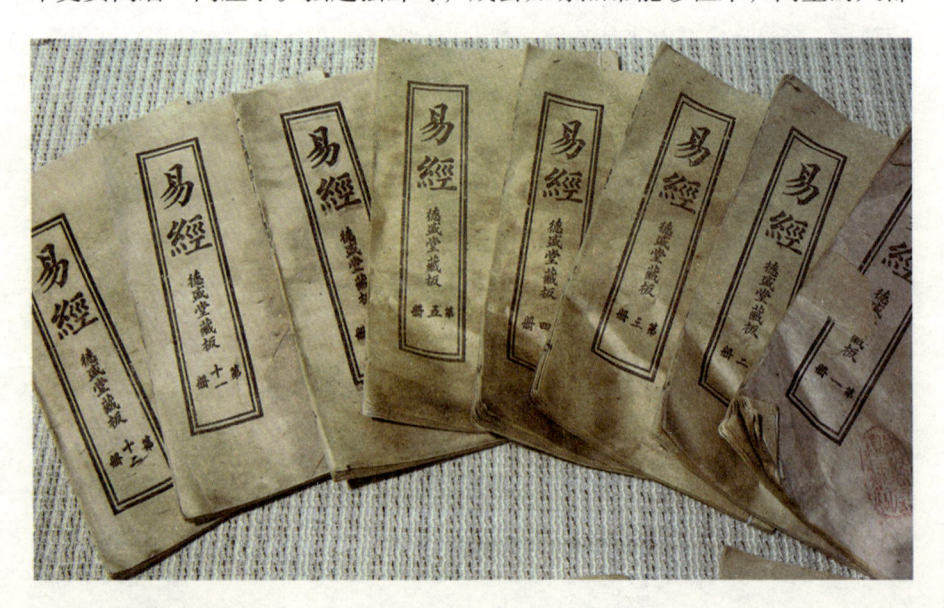

怀疑弦超不正常。成公知琼只能把自己的身形隐匿起来，但是不能把声音也藏起来，而且成公知琼芳香的气味，弥漫屋室，终于被同室相伴的吏员所怀疑。后来弦超曾经被派到京师去，他空手进入集市，成公知琼给他五匣弱红颜料、五块做褥子的麻布，色彩光泽，都不是邺城集市所有的。同室小吏盘问他这是怎么回事，弦超不善言辞，就详详细细地向他们说出了自己和成公知琼相识、相恋的故事。

同室小吏把这些情况报告给了监国王爷，监国王爷询问了他事情的底细和原委，但是害怕得罪成公知琼，因此就没有责怪弦超。后来，弦超晚上回来，成公知琼请求离去，她说："我是神仙，虽然与您结交，不愿让别人知道。而您已经把我的底细暴露无遗了，我不能再与您通情接触了。多年交往，今朝分别，十分悲伤遗憾，但是不得不这样啊。我们各自努力吧！"说完，成公知琼唤侍御的侍女摆下酒席，又打开柳条箱子，拿出织成的裙衫和两条裤子留给弦超，又赠诗一首，握着弦超的手臂告辞，眼泪流淌下来，然后表情严肃地登上车，很快就离去了。弦超多日来忧伤感念，几乎到了萎靡不振的地步。

成公知琼离开后的第五年，弦超奉郡里的派遣到洛阳去出差，走到济北鱼山下，在小路上向西走，远远地望见曲洛道旁有一辆马车，有一个女子在里面恬静地坐着。弦超感觉似曾相识，待到走近一看，发现是成公知琼，于是就掀起帷布相见，两人悲喜交加，抱头痛哭，互相倾诉了相思之苦。成公知琼让他上车拉住绳索，来驾驭马车，他们同车到洛阳，又重修旧好。但是并不天天往来，只是分别在三月初三、五月初五、七月初七、九月初九和每月初一、十五见面。成公知琼每次到来，往往过一夜就回去。

八、玉华仙子

崔少玄是唐代汾州刺史崔恭的小女儿，她的母亲梦见神人，穿着丝绸的衣服，驾着红色的龙，拿着紫色的匣子，在碧云的天际把匣子交给了自己，后来就怀了孕，14个月之后，生下少玄。

崔少玄出生后异香袭人，容颜端庄秀丽。出生时，天青色的头发盖住了眼睛，耳垂上的玉坠拂到双颊，右手上写有四个字：卢自列妻。大家也不知道什么意思。18年后，少玄嫁给了卢陲，卢陲小字叫自列，大家这才恍然大悟，都说这是上天赐予的姻缘。

结婚一年多，卢陲到闽中任从事，途中经过建溪，远望武夷山。这时，忽然看到一片碧云从东边山峰飘过来，云中有位神人，戴着翠绿色的帽子，穿着大红色的衣服，问卢陲："玉华君来了吗？"卢陲觉得奇怪，就反问道："谁是玉华君？"神人说："您的妻子就是玉华君呀。"

回家以后，卢陲告诉了妻子，妻子说："扶桑夫人、紫霄元君果然来迎接我。事情已经公开了，难再隐瞒。"于是出去会见神人，互相谈了很久，但都是天人的语音，卢陲没有办法辨清她们说些什么，待了一会儿就作个揖退回去了。

卢陲知道了自己的妻子是神仙，就给崔少玄下拜，询问她事情的缘由。崔少玄说："从前，我是玉皇大帝的左侍书，称号是玉华君，掌管下界三十六洞学道之流。每到秋分时，我就拿着簿书来寻访有志学道的人，贬谪那些不思进取的人。我曾经被贬降，犯的过失是与同宫的四个人，在退居静室时，对寻访学道之人发感慨，恍惚间像是有什么不好的欲念。太上老君责罚我，把我贬到人间做您的妻子。23年过去了，遇到紫霄元君前来这里，现在不能再对您亲近依附了。"

到了闽中后，崔少玄每天独自在静室居住。卢陲感到惊奇，即便很想和崔少玄说话，也不敢轻易地跨入她的房间。常常有女真人到来，有时两位，有时四位，她们都是穿着长长的绮罗绸缎，梳着古式高耸的鬟髻，全身上下闪烁着炫目的光芒，把室内照耀得如同白昼。她们登堂入室，床榻相连，通宵说笑。她们都说天人的语言，卢陲听不明白。卢陲试着问崔少玄，崔少玄说："神仙的秘密，难再泄露，沉累太重，不可不隐。"卢陲恪守妻子的告诫，也常常隐讳其事。等到卢陲罢官，他的岳父崔恭又解下官绶，得以在洛阳安家。卢陲因为妻子的誓言，也不敢向他的岳父、岳母陈说崔少玄是神仙的这个事实。

两年后，崔少玄对卢陲说："我父亲的寿数在二月十七终止，我虽然是神仙，但是降生在人世，因为父母对我有抚养之恩，所以如果不救他，就屈枉了我的报答之心了。"于是崔少玄对父亲崔恭说："父亲大人的生命将在二月十七终止，少玄受到您辛劳养育的恩惠，不能不保护您。"边说边打开深红色的箱子，拿出《黄庭内景玉经》，送给她的父亲崔恭，并且说："父亲大人的寿命，正常的寿数已到终极了，但有这书可以救您。今天我将它交给您，可以读一万遍，用来延长十二年的寿命。"于是让崔恭沐浴之后面朝南跪着，崔少玄对着几案，拿出一些功章写在青色的纸上，又用素色的信函封好，向天帝享报。又召来南斗注生真君，让他附奏天帝。不一会儿，有三个穿大红衣服的人从空中降下来，跪在崔少玄面前，进献精美的食品，喝了崔少玄犒劳他们的三杯酒，手拿功章而去。崔恭觉得这事太奇异了，就偷偷地向卢陲询问个中缘由，卢陲也不告诉他其中的奥妙，弄得崔恭一头雾水。

经过一个多月，崔少玄把卢陲叫来告诉他说："玉清宫中我的那些真人伙伴，在太上老君处替我申冤洗雪，现在再召我去做玉皇大帝的左侍书玉华君，主管化元精气并施布天庭的仙品。我将要返回为神，还于无形，再去侍奉玉皇大帝，回到玉清宫。你不要泄露我这些话，给我父母留下遗念，让他们徒然地增加相思之苦。而且因为救父之事，我泄露了神仙之术，所以不能久留了。我在人世和你的夫妻情谊，从此结束了。"

卢陲跪在崔少玄的面前，流着眼泪说："我只不过是凡界的蝼蚁一类的小人物，玷污了上仙，将永远沉沦于浊秽之世，不能飞举升天。我请您赐教，来救我经久难愈之病，我永久不忘您的大恩。"崔少玄说："我留诗一首，把它赠给你。我们上界天人的文字，都是云龙篆字，下界的人见到它，或损或益，也没有领会它的确切内涵的，我拿笔把它记录下来。"

她留下的词句是："得之一元，匪受自天。太老之真，无上之仙。光含影藏，形于自然。真安匪求，神之久留。淑美其真，体性刚柔。丹霄碧虚，上圣之俦。百岁之后，空余坟丘。"卢陲对着崔少玄拜了又拜，接过了她的题词，但不明白词句的内容，就跪下请求她讲解贯通，来为他指明。崔少玄说："你对于道还没有熟悉，上仙的诗句，昭明须有一定时间。到了景申年间，遇到琅琊先生，他能通晓其意，那时给你解开疑团，才能见到天路。没明白之前的这段时间，你只应保存它。"说完，崔少玄就死了。

卢陲非常伤心，给她举行了隆重的葬礼。过了九日安葬时，人们抬起棺材，感觉轻飘飘地，好像是空棺，就打开棺材察看，果然是空空如也。他们发现崔少玄只留下衣服，像蝉蜕壳那样走了。

崔少玄在娘家住了18年，在闽中住了3年，回到洛阳2年，在人间一共23年。后来，卢陲和崔恭都保藏她留下的诗，遇到高士名僧就拿给他们看，但一直没人可以明白其中的奥妙和真谛。

第七章

志怪传奇

一、始皇求仙

秦始皇统一了六国,建立了中央集权,他认为自己的功绩比得上天上的帝王,因此称自己为始皇帝,并希望皇位从他开始,一直传到二世、三世至千万世。从此,历代君王都自称为皇帝。

秦始皇听到一些有关仙山、仙人和长生不老药的传说,非常向往,但是苦于仙山缥缈,始终找不出办法。

恰好有人告诉秦始皇,有个名叫安期生的仙人,知道通往蓬莱仙山的道路,这个人遨游海上的时候曾经亲眼见到过。听到这话,秦始皇就迫不及待地想见这个仙人。找来找去,终于在东海边找到了。原来安期生是个卖药的老头子,模样和普通老头子没两样,可是人们都说他已经活了至少1000岁。

秦始皇和他密谈了三天三夜,赐给他无数黄金白璧,可是安期生并不爱这些金银财宝,他把秦始皇所赐的东西全都封存在阜乡亭,留下一封信和一双红玉拖鞋作答谢,就消失了。

他的信上说:"几年以后到蓬莱山找我。"秦始皇看着宽广的大海,突发宏愿,决心修建一条通往蓬莱的海上之路。于是驱使10万民工修筑一条通往蓬莱的海上求仙路。民工们每天挑土担石,非常辛苦,怨声载道。他们的怨情惊动了天上的骊山老母,她十分同情民工们的遭遇,就从天界给每个民工抛下一条红丝线,拴在他们的挑担上,沉重的担子变得十分轻盈。当秦始皇发现了这个奥秘后,下令收集所有的红丝线。秦始皇将它们扎成了一条鞭子,来到一座小山下,将手中的鞭子轻轻挥舞,只听见一声巨响,这座小山在鞭子的驱使下移动起来。

秦始皇大喜过望,于是驱赶着大大小小的山,要把东海填出一条路来。

东海龙王又害怕，又担心。龙王的三女儿想了个办法，利用自己的美貌，将秦始皇的神鞭骗到手。秦始皇失去了神鞭，也就失去了神力，筑路去蓬莱的办法失败了。秦始皇转而向方士寻求仙丹，指派了当时最有名的方士徐福在宫里炼制仙药。之前一些方士向秦始皇供奉不死药，但没有一个能活下来，徐福知道仙药难求，开始想办法脱身。

当时，西域大宛国有很多冤死的人横陈在野外道旁。有一次，飞来一种像乌鸦的鸟，衔了一种草，覆盖在死人的脸上，不多时，死人竟慢慢悠悠地复活过来。官府把这件事奏报给秦始皇，并把神鸟衔来的草也带去给他看。这种草叶子像弧叶，苗有三四尺长，谁也不认识，秦始皇就叫人拿去问住在北郭的鬼谷先生。鬼谷先生说："这草乃东海祖洲上的不死草，生长在琼田当中，又叫养神芝。"

又有宛渠国的国民，听说秦始皇喜欢神仙方术，便特地从遥远的海外驾了螺舟前来。这种舟像螺壳，能够沉在海底行驶却不被海水浸入，有点像今天的潜水艇，所以又叫"沧波舟"。宛渠国的人一个个都是高个子，身长大约有十丈，穿着鸟兽毛织的衣服。见了秦始皇便向他描述天地最初开辟时的情形，好像是他们亲眼所见。他们又向秦始皇说起东海扶桑岛上生产的扶桑树，扶桑树长有几千丈，大有两千围，两树同根偶生，互相依倚，所以叫作"扶桑"。桑果红色，9 000 年才结一次，果实稀少，人吃了这种果实，可以长生不老；仙人吃了这种果实，遍体金光色，可以飞腾到天帝住的玄宫去。

秦始皇本来就已经不相信本国的方士了，听他们一说，就派人到海上去寻求仙人和不死药物。徐福觉得这是一个逃脱的好机会，便自称知道仙山所在，能找到仙药。徐福带着童男童女各 3 000 人，乘着楼船出海去找瀛洲。然而徐福出海后一去不回，也不知去了什么地方。仙山缥缈不知所在，仙药更是人间所无。秦始皇求仙，最后无果而终。

知识小百科

鬼谷子的传说

鬼谷子是道教的洞府真仙,位居第四座左位第十三人,被尊为"玄微真人",又号"玄微子"。在很久前,云梦山地区久旱无雨,到处缺水,善良的农夫庆隆四处寻找水源,在一个干涸的水池中救了一条小金鱼,这条小金鱼现出了人身,原来是东海龙王的女儿。好心的庆隆要求小龙女解救遭受旱灾的乡亲,小龙女深受感动,便私作主张,偷偷钻了一个"海眼",想把海水引入云梦山区。龙王发现后,惩罚了小龙女和农夫庆隆,小龙女化成了山中的龙泉,庆隆化成了保护泉水的山脊——"青龙背"。又过了许多年,小龙女的精魂脱胎在都城朝歌南面王庄的王员外家,孩子出生后取名瑞霞。又有一年遇到干旱,王家三顷土地种下的谷子,只结了一株谷穗。瑞霞的丫鬟揉搓着这株奇特的谷穗,谷穗变成珍珠,瑞霞接过了珍珠把玩着,珍珠奇怪地钻入了瑞霞的口中,不久瑞霞怀孕了。她因未婚先孕而被赶出了家门,无家可归的瑞霞在云梦山的洞中生下了一个男孩。瑞霞因神奇的谷穗而生子,所以为小孩取名为鬼谷子。原来,瑞霞是由小龙女投胎转世的,谷穗就是庆隆的精魂所化,小孩出生的洞窟就是"鬼谷洞"。据说,鬼谷子长大后到太室山拜华元真人为师,学习道术。华元真人归天时,留给了鬼谷子一卷竹简,那是一部无字天书,白天不见一字,夜晚却有金光闪闪的字,这就是后来的纵横学经典。

相传鬼谷子有隐形藏体之术,有混天移地之法,还会脱胎换骨,超脱生死,能撒豆为兵,斩草为马。鬼谷子是道教中的重要人物,

> 传说他是真仙，所以历数代而不老，"鬼谷先生者，古之真仙也。云姓王氏。自轩辕之代，历于商周，随老君两化流沙，洎周末复还中国。居汉滨鬼谷山，受道弟子百余人"（参见杜光庭的《录异记》）。
>
> ——傅璇琮主编，泰山出版社《古代神话》，2012年

二、武帝方朔

汉武帝天汉三年，汉武帝到东海巡游，西王母派了使者献给汉武帝四两灵胶和一件毛皮袍子。汉武帝认为送来的这两件礼物没什么特别的，就把它们交给宫外的大库收存。

后来有一次汉武帝到华林苑狩猎，用弓箭射虎和犀牛，弓弦突然断了。西王母的使者正好在汉武帝身旁随侍，就对他说："请您拿一分王母献来的灵胶，用嘴把胶浸湿后，就可以把断了的弓弦接好。"汉武帝照使者的话做，果然把断弦接上了，而且让几个武士使劲拽弓弦，弓弦也不断，比没断时还要结实。

汉武帝惊奇地赞叹说："这灵胶可真是宝物啊！"灵胶呈青色，像碧玉一样闪光。灵胶产自凤嶙洲，整个洲呈正方形，长宽都是1500里，四面被连羽毛都浮不起的弱水环绕着。洲上有很多凤和独角马，那独角马的毛皮是黄里透白的颜色，好几万匹马群居在一起。把凤的嘴和独角马的角放在一起煎熬，就熬成了灵胶，起名叫"集弦胶"，又叫"连金泥"。断了弦的弓弩和折断了的刀剑只要用这胶一粘，立刻就接好了，而且永远不会再断裂了。毛皮袍子放在水里不沉，放在火里也烧不焦。汉武帝这时才明白两件礼品都是珍贵的宝

物，就重赏了使者并送他回去。

西胡月支国的国王派使者向汉武帝进献了四两香料，香料像麻雀蛋一样大小，桑葚那样的紫黑色，汉武帝认为香料并不是稀有的珍品，就交给了库房。月支国使者又献了一头猛兽，只有狸猫那么大，黄色的毛，就像出生五六十天的小狗。汉武帝见月支国使者抱着这么个东西进了大殿，看那个动物皮毛秃疏，没精打采的，心里不太高兴，就问使者："这么个小动物，称得上什么猛兽啊？"

使者回答说："能统领千禽百兽的动物，不一定非得是庞然大物。独角的神马可以统领庞大的象而称王，凤凰也不大，但可以镇住展翅几十里宽的大鹏，可见大小不是最重要的。我们月支国离这里30万里，但我国的东风像柔和的旋律一样，千日吹拂，高天的云中也合乎上古音乐的旋律，多少个月音乐声也不散。"

汉武帝心想，使者说的话很奇怪。正要发难，使者又接着说："我们月支国国王一直仰慕中原的兴盛，所以视金玉为粪土，却特别看重神灵宝物，因而千方百计找到了这种神香，深入天林捕到了这只猛兽。为了寻找宝物，我们国王渡过弱水河，穿越大沙漠，长途跋涉，路上经历了无数艰难险阻，整整用了13年的时间。这神香能够救活将死的病人，这猛兽能驱除各种妖魔鬼怪，所以这两件宝物是救济百姓的最重要的东西，没想到皇帝陛下您竟不觉得这两件宝物珍贵，莫非是我们月支国的卜者算卦算错了吗？"

汉武帝听了这番话后，虽然没说话，但心里很不痛快，就叫使者让那头兽叫一声，看会发生什么。使者就用手指着那兽让它叫一声，那兽伸出舌头舔了半天嘴唇，突然一声吼叫，声音大得像天空中响起一声惊雷，接着又吼了几声，两只眼睛发出闪电般的白光，半天才停下来。

汉武帝被这猛兽的吼声吓得差点昏过去，两手捂住耳朵也挡不住声音进入耳中，几乎失去了自我控制的能力，差一点丧失皇帝的尊严。在他身边的侍从和武士吓得连仪仗和刀枪都扔掉了。

汉武帝更加讨厌这头怪兽，让人把它送到上林苑里去喂老虎。然而老虎们一见这头怪兽，立刻吓得聚在一起，连动都不敢动了。汉武帝嫉恨月支国的使者在金銮殿上出言不逊，打算问他的罪。然而，第二天连使者带怪兽都不见了。

过了几年,京城大闹瘟疫,病死的人有一多半。汉武帝在焦急之余,猛然想起月支国使者的话,想起了久放在仓库里的香料,就取来神香在城里点燃。

没想到凡是死了不超过三天的人都活过来了,京城的瘟疫也解除了,缭绕的香气过了三个月还不散。这一下汉武帝才相信神香是奇珍异宝,就把剩下的神香珍藏在一个盒子里。后来有一天打开来看,神香却不知怎么消失了。

据说这种神香出于东海仙岛聚窟洲的人鸟山上,这座山中长着很多和枫树差不多的树,树发出的香气传到几里地之外,名叫返魂树。这种树本身能发出像牛群吼叫的声音,使人听了心惊胆战,把返魂树的树根砍来放在玉制的锅里熬煮后把汁取出来,再用小火慢慢煎熬,一直煮到变成黑色、形状像软糖稀的样子,再把它制成药丸,这种药丸名叫"惊精香",也叫"振灵丸",还叫"返生香""振檀香""却死香",看来这种香料确实是神灵的珍宝。

从此,汉武帝特别喜好神奇怪诞的东西。他有个臣子叫东方朔,精通各种神异的事情。这一君一臣在一起,发生了很多奇妙的事情。东方朔的小名叫曼倩,活到200岁时面貌还像儿童一样。东方朔出生三天后,他母亲就死了,一邻家妇女抱养了他,这时东方刚刚发白,就用"东方"作为他的姓。

东方朔三岁时,就具有超人的记忆力,天下任何经书秘文,他看一遍就能背诵出来,还常常指着空中自言自语。养母常常担心他不正常。

一次,养母忽然发现东方朔不见了,过了一个多月才回来。养母

第七章 志怪传奇 / 133

十分生气，就鞭打了他一顿。后来东方朔又出走了，过了一年才回来。

养母看见他大吃一惊，说："你走了一年，我十分担心。你怎么不体会我的心情呢？"

东方朔说："我不过到紫泥海玩了一天，海里的紫水弄脏了我的衣服，我又到虞泉洗了洗，早上去，中午就回来了，怎么说我去了一年呢？"

养母不相信他说的话，让他详细地说说一年中的经历。东方朔说："我先洗干净了衣服，在冥间的崇台休息，冥间的王公给我吃红色的栗子，喝玉露琼浆，差点撑死了，冥公又给我喝了半杯天上的黄露。我睡了一小觉，等我醒来以后，一头黑色的老虎驮我回来。因为着急赶路，我使劲捶打那老虎，老虎把我的脚都咬伤了。"

养母听了他的话，查看他的脚，果然有一块伤疤，就从青布衣裳上撕下一块布给东方朔包扎脚伤。

后来东方朔又出走，离家一万里，看见一株枯死的树，就把养母包扎他伤口的布挂在了树上，那布立刻化成了一条龙，后人就把那地方叫"布龙泽"。

东方朔长大后，在汉武帝朝中任太中大夫。汉武帝晚年时爱好道家成仙之术，和东方朔很亲近。

一天，他对东方朔说："我想让我喜欢的人长生不老，能不能做到呢？"

东方朔说："我能使陛下做到。"

汉武帝问："那我必须服什么药呢？"

东方朔说："东北地方有灵芝草，西南地方有春天生的鱼，这都是可以使人长生的东西。"

汉武帝好奇地问:"你怎么知道的?"

东方朔说:"三只脚的太阳神鸟曾经下地,想吃这种灵芝草。太阳的妈妈羲和用手捂住了神鸟的眼睛,不准它飞下来,怕它吃灵芝草。鸟兽如果吃了灵芝草,就会麻木得不会动了。"

汉武帝不太相信,问他:"你怎么知道的呢?"

东方朔告诉汉武帝:"我小时挖井不小心摔到井底下,几十年上不来,有个人就领着我去拿灵芝草,但隔着一条红水河渡不过去,那人脱下一只鞋给了我,我就把鞋当作船,乘着它过了河,摘到灵芝草吃了。这个国家里的人都用珍珠白玉穿成席子,他们让我进入云霞做成的帐幕里,让我躺在墨玉雕成的枕头上,枕头上刻着日月云雷的图案,这种枕头叫'镂空枕',也叫'玄雕枕'。又给我铺上贵重的褥子,这种褥子很凉,常常是夏天才铺它,所以叫作'柔毫水藻褥'。我用手摸了摸,以为是水把褥子弄湿了,仔细一看,才知道褥子上是一层光。"

汉武帝如听天书一样,闻所未闻的事情让他觉得十分惊奇。

东方朔从西方的那邪国回来,带来10枝声风木献给汉武帝。这种树枝有九尺长,手指那么粗。声风木产自西方因霄国的河边,河的源头是甜甜的水,水边的树上聚集着紫燕和黄雀等鸟类。因为结的果实像小珍珠,风一吹就发出珠玉的声音,所以叫声风木。由于因霄国的人善于长啸,所以树木也能发出声音。声风木有神奇的功能,当某个人拥有它时,如果这个人得了病,树枝自己就会渗出水珠;如果这个人快死了,树枝自己就会折断。

相传古时候,老子在周朝时已活了2700岁,他那根树枝从来没有渗出过水珠。仙人洪崖先生在尧帝时已经3000岁了,树枝也没折断过。

汉武帝把声风木的树枝赏给年过百岁的大臣们,也赏给东方朔一枝。东方朔拒绝了,他说自己已经看见这树枝枯死了三次,但又死而复活了,何况是渗水和折断呢?一个人的寿数不到一半,那树枝就不会渗水。这种树5000年渗出一次水珠,1万年才枯萎一次。

武帝越加相信东方朔的奇异了。

天汉二年，汉武帝移住苍龙馆，非常渴望成仙得道，就召集了不少懂道术的方士，让他们讲述远方国家的奇闻逸事。众方士侃侃而谈，东方朔开始沉默不语。等大家讲完了，他才站起来开始讲自己的经历。

他向北去过北极的镜火山，太阳月亮都照不到那里，只有烛龙神衔着火烛照亮山的四极。山上也有园林池塘，种植了很多奇花异树。有一种明茎草，长得像金灯，把这种草折下来点燃，能照见鬼魅。有位神仙叫宁封，曾在夜晚点燃了一根这种草，可以照见肚子里的五脏，所以叫它"洞腹草"。把这种草割下来剁碎做成染料，涂在明云观的墙上，夜里坐在观内就不用点灯了，所以这种草也叫"照魅草"。如果把这种草垫在脚下，就能入水不沉没。

他向西游历过五色祥云升起的地方，得到了一匹神马，有九尺高。汉武帝问这是个什么神兽。东方朔说，当初西王母乘坐着云光宝车去看望东王公，把驾车的马解开，马跑到东王公的灵芝田里。东王公大怒，把马赶到天河岸边。正好东方朔那时去朝拜东王公，就骑着那匹马往回返。那马绕着太阳转了三圈，然后直奔向汉关，到达时城门还没关。他在马上睡了一觉，不知不觉就回到了家。东方朔给这匹神马起名叫步影驹。但是宝马来到人间以后，因为没有合适的饲料，变得和劣马笨驴一样又慢又迟钝。于是东方朔就在五色祥云升起的地方种了1000顷的草，草地在九景山的东边，2000年开一次花，明年就可以割草来喂马，马就不会再饿了。

他向东到过极地，经过了古云之泽。那里有一个国家叫古云国。国人常用云的颜色来预卜吉凶。如果将有吉庆的事，满屋就会升起五色祥云，光彩照人。这五色祥云如果落在花草树木上，就会变成五色露珠，露珠的味道十分甘甜。

汉武帝和大臣们瞠目结舌地听着东方朔描绘的一切。为了证明自己说的都是真的，东方朔就骑上神马往东走，晚上就赶回来了，用青色的琉璃杯装着黑、白、青、黄四种颜色的露水。他将露水献给汉武帝，汉武帝把露水赏给大臣们，大臣们喝下了露水，老人都变成了少年，有病的都立刻痊愈了。

东方朔没死的时候，曾对和他一起做官的朋友说："天下人谁也不了解我东方朔，只有太王公知道我。"

东方朔死后，汉武帝就召来太王公问他："你了解东方朔吗？"

太王公说："我不了解东方朔。"

汉武帝问："你有什么特长呢？"

太王公说，"我对星宿历法有研究。"

汉武帝问他："天上的星宿都在吗？"

太王公向天空仰望了一番，回答说："诸星都在，只有木星失踪了18年，现在又出现了。"汉武帝这才恍然大悟，仰天长叹："东方朔在我身边刚好18年，原来他是木星啊，我竟然不知道。"

三、刘安成仙

汉代的淮南王刘安，是汉高祖刘邦的孙子，他的父亲是厉王刘长。刘长因为犯了罪，被发配到今四川省的一个偏僻荒芜的地方，在流放的路上就死去了。汉文帝听说后很难过，为了补偿刘长，安慰他的家人，就重新分割刘长的封地，全部给了刘长的大儿子刘安，所以刘安被封为淮南王。刘安喜欢研究儒家的学说，而且还精通算卦和修道的方术，招纳了几千名有才学的门客。刘安还撰写了论述道家学说的《淮南子》一书。

汉武帝见叔父刘安博学多才，能言善辩，十分敬重他。汉武帝的宫廷里，既有正派的儒生如董仲舒，也有诙谐人物如东方朔，更有名士如司马相如、虞丘寿王、主父偃、朱买臣、严助、汲黯等。汉武帝有时下诏或给大臣写回报的文章，都让司马相如等人共同斟酌定稿，还派人召刘安上朝参与起草。

刘安一直在收集天下论述道学的书，收纳懂得修道的方士，哪怕这些方士远在天边，他也要千里迢

迢地派人去请来。有一天,有八位老人一起来见刘安,八位老人都鹤发童颜,精神矍铄。他们来到刘安门前,说要和刘安切磋一下修行的心得体会。门官先偷偷地报告了刘安,刘安就让门官故意刁难那八位老人说:"我们淮南王求的是上、中、下三种贤人。上等贤人要懂得延年益寿、长生不老的道术,中等贤人要上知天文、下知地理并精通儒家学术,下等贤人应是十分英武、能打虎擒豹的壮士。我看八位老先生年纪这样大,好像没有长生之术,没有多大的力气,也不会对伏羲、神农、黄帝所著的《三坟》,少昊、颛顼、高辛、尧、舜所著的《五典》《八索》《九丘》这些古代经典有什么深刻的研究,更不会有什么独到的见解。上面说的三种才能你们都不具备,我可不敢向淮南王通报你们求见的事。"

八位老人笑着说:"我们听说淮南王特别尊重有贤德的人,像周公似的为了接待客人,吃饭时三次吐出食物,洗浴时三次拧干了头发,所以凡是有一技之长的人都来投奔淮南王。我们也知道,古代的帝王诸侯都不拘一格选拔贤士,像战国时的孟尝君,连会学鸡鸣狗叫的人都收留,这就像买来千里马才能招来千里驹一样。燕昭王收留了没有什么才能的郭隗,于是比郭隗更有才能的人才会不远千里投奔燕昭王。我们虽然年老才疏学浅,不符合淮南王的要求,但我们千里迢迢地来投奔他,希望为他效力。我们想见一见淮南王,就算对他没有什么好处,也不会对他有什么不利,为什么嫌我们年老而不见我们呢?如果大王认为年轻的人才有学问,才懂得道术,老年人都是无能的糟老头子,这可缺乏潜入深潭寻找明珠的决心和诚意了。你们淮南王不是嫌我们老吗?那我们就变得年轻一些吧。"

话音未落,八位老人一下子都变成了童子,只有十四五岁,头发漆黑,容光焕发。门官大吃一惊,赶快去向刘安报告。刘安听说后,连鞋都忘了穿,光着脚出来迎接,把八公接到思仙台上。刘安命人挂起了锦绣的帐幕,摆好了象牙的床座,烧上百和香,在八公面前放上金玉的小桌,像弟子拜师那样面朝北向八公磕头拜见,并连声道歉说:"我刘安是个平凡的人,但从小就爱好修身养性的事,然而被日常的烦琐事务缠住了身子,始终没能到深山野林里去向得道的仙师们求教。万万没想到今天我能得到这样大的幸运,能亲眼看见得道的几位仙人降临到寒舍,这是我刘安命中该得到神灵的教导，这使我又喜又惊，不知该怎么办才好。只愿各位仙人可怜我这凡俗的人，把修炼的要点传授给我，使我这个不知晦明的小虫能够像大雁、天鹅般高飞入云，体会人生的玄妙，领会宇宙的精华。"

八个童子听了刘安这番话就又变成老人，对刘安说："我们的道术也很浅薄，但毕竟比你先走了一步。不知你究竟有什么愿望和要求，我们八个人都有各自的看家本领。第一个人能呼风唤雨、喷云吐雾，用手指在地上划一下，就产生江河湖海，把沙子尘土堆聚起来，就可堆成高山丘壑；第二个人能让高山崩塌，让泉水变成平地，驯服虎豹，召来蛟龙，驱使各路鬼神为自己效力；第三个人会分身术，能变化相貌，坐在那里能顿时消失，使千军万马立刻隐去不见，把白天变成黑夜；第四个人能腾云驾雾，飞越江河湖海，随意遨游在天地间的任何地方，呼吸之间便能到千里之外；第五个人不怕火烧和水淹，任何器材制作的兵器都伤害不到他，冬天不怕冰封雪冻的严寒，夏天不怕赤日炎炎的酷暑；第六个人能千变万化，造出禽兽草木或任何东西，能让山搬家，让河不流，让宫殿屋子随意挪动；第七个人能把泥土熬成金子，把铅水凝聚成银子，用水把云母、硝石等八种石料炼成仙丹，能让飞起的水花变成珍珠，能骑着龙驾着云在九重天上浮游；第八个人会天循剑法。你想学什么，我们就教给你什么。"刘安就日夜向八个人叩拜，用酒肉款待他们，并试验他们每个人的本领，结果他们都各施法术，千变万化，没有一个不灵的。后来八公授给刘安《玉丹经》36卷，刘安按着经书上说的方法把仙丹炼成了，但没有来得及服用就出了事。

那时刘安爱好舞剑，自认为剑法比谁都高明。有一次，他让当时任郎中的雷被和他一起舞剑，雷被一失手误伤了刘安，刘安疼痛难忍，勃然大怒，扬言说要报复雷被。雷被也很

第七章　志怪传奇 / 139

害怕，怕刘安杀他，就要求带兵讨伐匈奴来赎罪，刘安听说后不同意，要惩治雷被。雷被十分害怕，就上书给皇帝说："汉朝的法律规定，如果诸侯中有人贪图享乐不去讨伐匈奴的，该判死罪，刘安应该处死。"汉武帝向来器重刘安，没有追究处刑，只是把刘安的封地削去了两个县。

从此以后，刘安就更加怀恨雷被，时刻伺机报复他。而雷被担心刘安杀他，总是提心吊胆。雷被和伍被是好朋友，伍被也因为干过坏事得罪过刘安，雷被和伍被都怕被刘安杀掉，就恶人先告状，一起诬告说刘安要造反。皇帝就派宗正官带着公文去查办。这时八公就对刘安说："你可以离开尘世了，这是上天让你脱离世俗的机会。你如果没有这件被诬告谋反的事，一天天混下去，是很难脱离凡俗的。"八公让刘安登上高山向神灵祭告，并把金子埋在地里，然后，给了刘安早些时候炼制的仙丹。服用之后，刘安就飘飘忽忽，白日升天成仙了。八公和刘安登山时踩过的石头上都留下了很深的脚印，到现在他们的足迹还留在山上。

传说刘安成仙要离去时，打算杀掉雷被、伍被，八公劝告说："不能这样做。成仙的人连一只小虫都不忍加害，何况是人呢。"于是刘安就没杀掉雷被与伍被。但是，八公安慰刘安说："多行不义必自毙。凡是做官的人被人诬告，那诬告者应该被处死，所以伍被、雷被也应该死了。"宗正官来查刘安被告谋反的案子，发现刘安不见了，一打听，才知道刘安成仙了。皇帝听说后心里很不好受，就暗中转告朝中管刑狱的酷吏张汤，让他以策划阴谋的罪名参奏伍被，趁机杀了伍被和雷被，并灭了他们两家九族，正应了八公对刘安的预言。

刘安又问八公："能不能把我的亲朋好友都带到仙界去一趟，再让他们回来呢？一来让他们见识一下世面，二来呢，也让他们看到希望，修行起来也有动力，不至于因为希望渺茫而裹足不前。"八公稍稍思考了一下，便笑着说："可以倒是可以，但不能超过五个人。"于是刘安就带着他的好友左吴、王眷、傅生等五个人到了仙界的玄洲，去了以后又打发他们回来了。后来左吴在文章中记述说，刘安还没到仙境时就遇见了几位神仙，但由于刘安从小就是王子，养尊处优，对几位神仙不愿意恭恭敬敬地行礼，言谈举止都不太尊重那几位神仙，说话声音很大，有时不注意还自称"寡人"。结果神仙中地位较高的就把这事奏报给天帝，说刘安对仙官大不敬，应该把他赶回人间。多亏了八公在天帝面前为刘安解释开脱，才免了刘安大不敬的罪，但仍罚他看管天都城中的厕所三年。三年期满后，只允许刘安当一般的仙人，不得在仙界担任官职，只让他长生不死而已。

四、宪宗奇遇

唐宪宗和汉武帝一样喜好神仙不死之术。有一年，内给事张惟则从新罗国回来以后，向唐宪宗报告自己在海上的奇遇。张惟则的船在一个海岛边停泊着，忽然听见鸡鸣狗吠的声音，他就乘着月光到岛上去散步。走了一二里路，就见花草树木、楼台殿阁，一片辉煌。里面有几个公子，戴着有花纹的大帽子，身上穿着紫色的衣服，吟咏歌啸，无拘无束，神态自然。

张惟则知道他们是仙人，就请求相见。公子说："你从什么地方来？"张惟则说自己是大唐的臣子，出使新罗国。公子说："唐朝皇帝是我的朋友，你回去以后，请替我传话给唐朝皇帝。"一会儿，一个穿青衣服的人捧出金龟印，公子就把金龟印放在宝匣里，把宝匣交给张惟则，又对张惟则说："请替我向唐朝皇帝致意。"

于是张惟则捧着宝匣返回船中，回头再看时，没有一点踪迹。金龟印长五寸，龟的身上背着黄金玉印，方一寸八分。它上面的篆文是：凤芝龙木，受命无疆。

张惟则报告完事情的经过后，就进献了金龟印。

唐宪宗说："我前世难道就是仙人吗？"等到看了金龟印，惊奇赞叹了很长时间，然而，没有人能明白它上面文字的含意。唐

宪宗就用紫泥玉锁把它封闭起来，放置在帐内。

从那以后宫殿里常常出现五色光，大约有一丈多长，而且寝殿前面的连理树上突然生出两株像龙凤一样的灵芝。唐宪宗因此赞叹道："凤芝龙木，不就是这个征兆吗？"

当时有一个叫祁玄解的处士，头发稠密，鹤发童颜，呼吸时口气清香洁净，他经常骑着一匹黄色的母马。那匹马仅仅三尺高，不吃草和粮食，只喝美酒，不用缰绳和辔头，只用青毡垫在它的背上。祁玄解经常在青州和兖州一带游览，和人聊天的时候，常常说千百年以前的事，说得千真万确，就像他亲眼看见一样。

唐宪宗知道祁玄解不是凡人，于是就秘密地召他入宫，让他住在非常华丽的房屋里，睡紫菱做的席子，喝龙膏做的酒。紫菱席类似菱叶，光滑柔软，舒适清洁，夏天凉爽，冬天温暖。龙膏酒颜色黑如纯漆，是乌弋山进献的，喝了使人精神清爽。

唐宪宗每天都亲自来看望祁玄解，对他十分敬重仰慕，但是祁玄解却愚钝纯朴，不懂得做人臣的礼节。

唐宪宗问祁玄解说："先生的年岁很高，但是脸色却不老，这是为什么？"祁玄解说："我的家在海上，有灵草吃，所以我的容颜就像小孩子一样。"说完就从衣服口袋里取出三种药的种子，种在唐宪宗的宫殿前面。

第一种叫双麟芝，第二种叫六合葵，第三种叫万根藤。双麟芝是褐色的，一根茎两个穗，穗的形状像麒麟，头尾都齐全，它的中间有子，像碧珠一样。六合葵是红色的，叶子类似茂葵，开始生六个茎，到上面合成一株，共生12片叶子，里面长出24朵花，花像桃花，一朵花1000个花瓣，一个瓣有六个影，成熟的种子像相思果。万根藤，一子生万根，枝叶都是青绿色的，勾连盘屈，遮盖一亩地，它的形状类似芍药，花蕊的颜色殷红，细如丝发，约长五六寸，一朵之内，不止千根，也叫它绛心藤。

不一会儿，灵草已经成熟了，可是凡人却看不见。祁玄解请唐宪宗自己采它吃，吃后觉得很灵验。从此唐宪宗对祁玄解更是恭敬了。

西域有人进献美玉，美玉一圆一方，直径各为五寸，光彩聚集，可以照出毛发的影。当时祁玄解正好坐在唐宪宗身旁，仔细地看了美玉后说：

"这两块玉,一块是龙玉,一块是虎玉。"

唐宪宗惊讶地问道:"什么叫龙玉、虎玉?"

祁玄解说:"圆的是龙玉,生在水中,是龙的宝物,如果把它投在水中,必然有彩虹出现。方的是虎玉,生在岩谷中,是虎的宝物,如果用虎毛拂拭它,就会发出紫光,百兽看见都会畏惧屈服。"

唐宪宗觉得他的话很奇异,于是就让人试一试,果然像祁玄解所说的那样。唐宪宗就询问使者从哪儿得到这两块宝玉。使者告诉唐宪宗,一块从渔夫那里获得,一块从猎人那里获得。于是唐宪宗命人把龙、虎二玉用锦囊盛着,放在内府。

不久后,祁玄解要回东海,屡次向唐宪宗请求,唐宪宗每次都拒绝了他的要求,并命人在宫中用木头雕刻海上三山,用丝绣绘出海上奇景,绘画华丽,又镶嵌珠玉,以慰祁玄解的思乡之苦。

一天,唐宪宗和祁玄解观看海上三山的木雕,唐宪宗指着蓬莱说:"如果不是上仙,我无从到这样的境地。"祁玄解笑着说:"三岛很近,谁说难到?我虽然没有能力,愿意试着替陛下一游,来探寻物象的美丑。"

说完马上跳起来,他的身体在空中逐渐缩小,一会儿工夫,就钻到木雕的金银宫之内。唐宪宗连声呼叫他,但再也看不见了。

唐宪宗常常回忆和祁玄解在一起的日子,竟然日渐瘦弱。他就给那山取名藏真岛,每日早晨在岛前焚香拜谢,以表示崇拜礼敬。

五、贯词遇龙

唐朝时,洛阳有一个名叫刘贯词的年轻人。大历年中,刘贯词在苏州乞讨,遇上一个潇洒英俊的秀才,名叫蔡霞,二人一见如故。蔡霞和刘贯词称兄道弟,并口口声声说要报答刘贯词的救命之恩。这弄得刘贯词不知所措,心里暗自纳闷:我以前也没有见过这个人呀,况且,我也从来不记得以前搭救过别人的性命,他也不至于结草衔环地报答滴水之恩呀。

蔡霞携带着羊肉和美酒来款待刘贯词。刘贯词盛情难却,就只好恭敬不如从命,和蔡霞坐下对酌起来。不一会儿,便觥筹交错,桌子上一片狼藉。酒将残尽的时候,蔡霞问刘贯词说:"兄长现在泛游江湖之间,都做些什么呢？是纯粹地游历名山大川，还是寻师访友呢？"

刘贯词怅然一声长叹，说："我哪里有如此闲情逸致，只是到处行乞要饭罢了！"

蔡霞很关切地问道："那你平时乞讨来的东西够吃吗？你是在偏僻的荒山野岭行乞呢？还是到车水马龙的大城邑中去要呢？"

刘贯词说："我就像浮萍和荒草那样，走到哪里就在哪里乞讨罢了，没有目的地。"

蔡霞说："那么你要到多少才能结束呢？"刘贯词说："十万钱。"

蔡霞说："你像蓬草那样飘到哪里算哪里，还指望要到十万钱，这就好比是没有翅膀就想飞，真是痴人说梦啊。就算你一定能要到，但这要荒废多少年的时间啊！我住在洛中附近，家里也不穷，因为别的原因避到此地，音信早就断了。我诚心诚意地希望兄长能回去，带给家人我平安的消息，至于路上的盘缠和飘游的愿望，你用不了多长时间就都能得到。不知道你意下如何？"

刘贯词想了想，觉得到哪里都是乞讨，能为别人传书，也算做了一件好事，就说："感谢兄弟的信任，我很愿意为你的家人报告平安的消息。"

于是蔡霞赠送十万钱给刘贯词，以作为路上的盘缠，又交给刘贯词一封书信，交代道："在客栈里突然有了一个周济你的想法，就忘了仪容礼貌，立即就表露出内心的真诚。你我不是同类，不知道你是不是有什么不好的想法？"

刘贯词想了想，说道："这有什么呢？"

蔡霞接着说："我家长是鳞虫，住在洛阳城的渭桥下边。你合上眼睛，敲打桥柱，自然会有人答应的，一定会邀请你进屋。我娘接见你的时候，你不要单独见她，一定要请求与我小妹相见。你我既然是兄弟，感情不应该疏远，信中也让她出来拜见你。她虽然年纪小，但是性情特别聪慧，让她赠送你一百缗钱，她是一定能答应的。"

于是刘贯词回归故乡洛阳。来到渭桥下，看到了深广澄澈的河水。用什么办法能走到里面呢？许久，他认为龙神不会欺骗他。就试着闭上眼睛，敲了那桥柱两声。果然，立刻有一人出来应答，他睁眼看去，桥和水没有了，只见一座朱红大门的宅院。宅院楼阁参差，很是壮观。

走近一看，有一个紫衣使者站在门前，拱手问他的来意。刘贯词说："我来自苏州，带来你家郎君的一封书信。"那人拿着书信进去，不一会儿又出来，说："太夫人请你进去。"于是，刘贯词就跟着紫衣使者，进入客厅里。里面的布置精美雅致、金碧辉煌。太夫人四十多岁，衣服全是紫的，容貌俊美可爱。刘贯词拜见她。她答拜，并致谢说："我儿子远游异乡，久绝音信，有劳您千里迢迢把书信送来。他和上司不大相投，怨恨不减。自从他出走，三年来家里一直都没有他的音信，如果不是您特意前来，我们的愁绪还在增加呢。"说完，她让刘贯词坐下。

刘贯词说："你家的郎君和我约为兄弟，他的小妹就是我的小妹，也应该见她一见。"夫人说："我儿子信中也说了。她是一个女孩子，要拜见陌生人，需要略微打扮一下，马上就出来见你。"不一会儿，一个婢女说道："小娘子出来了！"只见蔡霞的妹妹，约有十五六岁，容色美丽，是个绝代佳人。她巧言狡黠，拜见之后便坐到母亲的下首。太夫人令人准备酒饭，圆白剔透的鱼丸，细长流畅的鱼面，丰腴的鲍鱼，泛红的鲢鱼……全是水产品，满桌美味佳肴，令人垂涎欲滴。

刚开始吃饭，太夫人忽然间眼珠子发红，直瞅着刘贯词。蔡霞的妹妹急忙说："哥哥来到咱家，应该以礼相待，况且我们还要想办法让他消除祸患，不能动摇。"接着又对刘贯词说："信中哥哥嘱咐，让我赠给你一百缗钱。我现在难以独自供养母亲，但必须多少给一些馈赠。现在送给你一件东西，价钱相当，可以吗？"刘贯词说："我和蔡霞已经是结拜兄弟了，送一封书信是易如反掌的事情，难道还要为了这区区小事，来接受姑娘你的赏赐吗？"

太夫人说："郎君既然一直行乞要饭，可见也很贫困。况且，我儿子在信中叮嘱得很详细，现在这样做与他的请求相符，你就不要推辞了。"刘贯词表示感谢。

于是蔡霞的妹妹就让人取来了一只镇国碗，继续吃饭。不一会儿，太夫人又瞪起红红的眼珠子，口里流出涎水。蔡霞的妹妹急忙捂住她的口说：

"哥哥很真诚地托人来送信，不应该这样。"

蔡霞的妹妹又对刘贯词说："我娘年纪大了，风病发作，怕是不能对你恭敬，你应该先出去。"她好像很害怕的样子，让一个婢女拿着镇国碗，自己也跟出来交给刘贯词说："这是罽宾国的碗，他们国家用它来镇压灾难鬼病，要是有人能出价十万钱，就可以把它卖了，不到十万钱不能卖。因为娘有病，我必须侍奉于左右，不能从从容容地做成什么事。"她对刘贯词行了再拜礼，就回家了。

刘贯词拿着那只碗走出几十步，回头一看，碧绿的水、陡峭的桥，和刚来时没什么两样。看看手中的碗，乃是一个黄色铜碗，估计它的价钱只不过三五缗罢了，他认为蔡霞的妹妹在胡说八道。他拿着碗到市上去卖，有给价七八百钱的，也有给价五百钱的。他考虑到龙神看重信誉，不应该骗人，就天天拿着这只碗去市上。

等到一年多以后，西市店中忽然来了一个胡客，胡客见了那碗非常惊喜，就打听它的价钱。刘贯词说："二百缗。"胡客说："这东西价值连城，何止二百缗？只是，我现在囊中羞涩，实在拿不出这么多的钱，请问，一百缗可以吗？"刘贯词因为当初约定的只是这样，不再多求，就卖了出去。

胡客说："这是罽宾国的镇国碗。在他们国家特别盛行免除灾难的祭祷活动，这只碗丢失了，国家就闹饥荒，就发生兵戈之乱。我听说是被一个龙子偷去了，已将近四年了。他们的国君正用全国半年的赋税往回赎它。你是怎么弄到的？"刘贯词不敢隐瞒，就把自己如何为龙子蔡霞传书，怎么受到龙母和龙女的盛情款待这些情况详细地告诉了胡客。

胡客说："罽宾国的守龙上诉，应该追寻到此，这也是蔡霞之所以避身异地的原因。阴冥的官吏严厉，他不敢露头，就借着你的力量把它送走而已。他殷勤地让你见他妹妹，不是他本来就亲近你，而是考虑到他的母亲老龙嘴馋，怕你被吃掉，让他妹妹保护你罢了。这只碗既然已经出现，他也应该回来了。50天之后，洛水大波涌起，雨天灰暗，这就是蔡霞回来的征候。"

六、李徵变虎

甘肃省陇西地方的李徵，是唐代皇族的后代，家住在虢略。小时候他善于写文章，学识渊博，20岁就得到州府的推荐，当时被称为名士。天宝十年春，他考中进士。几年后，他又被调补任了江南尉。但是，由于他性情疏远隐逸，恃才傲物，不屈从于卑劣的官吏，常常郁郁寡欢，闷不作声。每次与同僚喝酒宴饮，酒酣之后，他就醉眼惺忪地看着这群官吏说："你们这些蝇营狗苟的鼠辈，我怎么竟然与你们为伍？可耻呀！真可耻呀！"这么一来，他的同僚都嫉恨他。等到任期满了，他就再也没有升迁。卸了任，他就回到家里，以读书自娱，闭门不与任何官场上的显赫人物来往。

一年多以后，他储存的俸禄已经花销完了，家人也开始衣食不保，他就准备了一些衣物，东游到了吴、楚之间，向郡国长吏求取资助。吴、楚一带的人听到他廉洁正直的名声已经很久了，等他到了，大家都大开着门迎接他，特别殷勤地招待他。他整日宴会交游，日子过得十分惬意。他临走的时候，大家给他的馈赠特别多，填满了他的口袋。

在回虢略的路上，李徵住在汝坟的旅店中，他忽然得病发狂，鞭打他的仆人，极其凶残暴虐，打得仆人无法忍受。这样过了十几天，病情更重，时时发作。不久，他开始习惯于在黑夜里狂跑，没有人知道他到哪儿去了。仆人沿着他跑走的方向找他，在路边等着他回来。可是，一个多月过去了，李徵也没回来。于是，仆人骑上他的马，带着别人资助李徵的钱财，远远地逃走了。从此以后，家人再也没有李徵的消息，仿佛李徵在人间消失了一样，生不见人，死不见尸。

到了第二年，陈郡的袁傪以监察御史的身份奉诏出使岭南，乘坐驿站的车马，浩浩荡荡，来到商於地界。早晨要出发的时候，驿站的官吏解释说："这条路上有老虎，而且吃人，所以从这儿过的人，不是大白天，都不敢走这条路。现在还早，请在这儿多待一会儿，决不可现在就走。"袁傪生气地说："我是天子的使者，人马这么多，还有武器，山里的野兽又能怎样？"于是他命令立即出发。

走了不到一里路，果然有一只老虎从草丛中跳出，袁傪非常吃惊。很快，这只老虎又藏身回草丛里了，只听见那只老虎用人的声音说道："奇怪呀，差点伤了我的老朋友！"袁傪听那声音很像是自己的同窗好友李徵。袁傪和李徵同年登进士第，两个人的交情极深，离别有些年头了，忽然听到李徵的声音，既惊讶又奇怪。于是就问道："你是谁？莫非是老友陇西子吗？"虎呻吟几声，像是在嗟叹哭泣，然后对袁傪说："我是李徵，希望你稍作停留，和我说几句话。李徵感激不尽！"

袁傪从马上跳下来，急切地问道："李兄啊，你是因为什么而到了这种地步呢？"

老虎说："我自从和你分手，音信远隔很久了，你没有什么变化吧？现在这是要到哪儿去？"

袁傪说："最近有幸被列入御史之列，现在要出使岭南。"

老虎说："你是以文学立身的，位登朝廷的殿堂，可谓昌盛旺达了，况且你一向清廉高尚，尽职尽责，英明谨慎，与众不同。我很高兴我的老朋友居于这么显赫的地位，这真是一件值得庆贺的事情。"

袁傪说："以前我和你同时成名，交情甚笃，不同于一般的朋友。自从分离，时间像流水一样过去了，想再次领略你的风度和仪容，真是望眼欲穿。没想到今天在这里听到你的念旧之言。既然这样，那么你为什么不见我呢？为什么要躲藏在草木之中？咱们是老朋友的情分，难道应该这样吗？"

老虎说："我现在已经不是人了，怎么能见你呢？"

袁傪连忙询问是怎么回事。

老虎说："我以前客居吴、楚，去年才回来，途中住在汝坟，忽然有病发狂，跑到山谷之中，不久就用左右手着地走路。从那以后，我觉得心更狠了，力气更大了，看到胳膊和大腿，已经长出毛来了。看到穿着衣服、戴着帽子在道上走的人，看到背负东西奔走的人，看到长着翅膀飞翔的飞禽，看到长有皮毛奔驰的走兽，我就想吃下去。到了汉阴南，因为饥饿所迫，碰上一个人很肥，就把他捉住吃了，从此就习以为常。我也不是不想念妻子儿女，不是不思念朋友，只是因为一旦变成野兽，有愧于人，所以就不见了。我和你同年登第，交情向来很厚，今天你执管王法，荣耀亲友，而我藏身草木之间，永不能见人，呼天抢地，身毁无用，这果真是命吗？"老虎呻吟感叹，不能自持，哭泣起来。

袁傪问道："你现在既然是异类，为什么还能说人话呢？"

老虎说："我现在样子变了，心里还特别明白。所以有些唐突，又怕又恨，很难全说出来。幸亏老朋友想着我，谅解我莫可名状的罪过，也是一种希望。但是你从南方回来的时候，我再遇上你，一定会不认识你了。那时候看你的躯体，就像我要猎获的一个东西，你也应该严加防备。"

老虎又说："我和你是真正的忘形之交，我求你办一件事，不知可否？"

袁傪说："你我是多年的老朋友，哪有不可以的呢？是什么事，你尽管说！袁某一定尽力而为。"

老虎说："你还没答应，我怎么敢说。现在既然已经答应了，难道还能隐瞒吗？当初我在客栈里，有病发狂，跑进荒山，两仆人骑着我的马带着我的财物逃去。我的妻子儿女还在虢略，哪能想到我变成异类了呢？你要是从南方回来，帮我捎个信给我的妻子，只说我已经死了，不要说我已经变成异类了，也绝口不提今天的事。希望你记住。"

老虎又说："我在人世间没有资财，有个儿子还年幼，实在难以自谋生路。希望你念他孤弱无依，时常资助他几个钱，以免让他饿死在路上，也就是对我大恩大德了。"说完，又是一阵悲泣。

袁傪也哭泣着说："我和你休戚与共，那么你的儿子也就是我的儿子，应当尽全力，你怎么还能担心我做不到呢？"

老虎说："我有旧时的几十篇文章没有留存于世上，虽然有过遗稿，但是都散失了。你给我传录一下，这些都是我平生的真实情感，实在不敢列入名家的行列，但是希望能传给子孙。"

袁傪就喊仆从拿来笔墨，随着虎的口述做记录。一共有二十几篇，都是文辞清秀，立意深远。袁傪读后赞叹再三。

老虎说："你奉王命乘坐驿站车马，应该是特别忙碌的，现在耽搁了这么久，诚惶诚恐。和你永别，这种遗憾怎么说得完呢？"说完，就跳进峡谷，转瞬之间就没了踪迹。

第八章

民间诸神

一、雷公、电母

很久以前,有一位寡妇和年迈的婆婆同住在一起,婆婆患病欲吃肉,由于家贫无钱购买,寡妇在孝心使然下,割下自己手腕处的肉煮熟,给婆婆食用。没想到腕肉坚韧难咬,婆婆很失望,骂媳妇不孝顺,叫她把肉倒掉。媳妇满怀委屈,将肉倒入水沟,刚好被雷公看见。雷公以为她糟蹋食物,于是打雷一声将寡妇轰死。后来玉皇大帝知悉此事乃雷公所铸下之大错,为了补偿寡妇,便封她为"电母",赐配给雷公为妻。

雷公亦叫作"丰隆""雷师""雷神",世称"雷公江天君",是古代神话传说中的司雷之神,道教奉之为施行雷法的役使神。雷公所传始为兽形,或似鬼,或似猪,而以猴形居多;后状若力士,袒胸露腹,背插双翅,额生三目,脸赤色猴状,足如鹰鹯,左手执楔,右手持锥,呈欲击状,神旁悬挂数鼓,足下亦盘蹑有鼓,击鼓即为轰雷。雷公能辨人间善恶,代天执法,击杀有罪之人,主持正义。

电母属阴,故称母,又称"金光圣母""闪电娘娘",号曰"电母秀天君",为传说中雷公的妻子,主要掌管闪电。她面容如女,样貌端雅,两手执镜。每当雷公打雷之前,电母便发出一道闪电,照明是非善恶,以免冤情再度发生。据说,当雷公跟电母吵架的时候,天上也会雷电交加。信徒一般只在祈求雨雪时才奉祀雷公、电母,专门奉祀的已不多见。

知识小百科

雷公形象的转变

《山海经》中记载雷神是"龙身而人头,鼓其腹",是为兽形。

东汉王充《论衡》中所描述的雷神为"若力士之容,谓之雷公"。

使之左手引连鼓，右手推椎，若击之状。其意以为雷声隆隆者，连鼓相扣击之音也"，是为人形。

魏晋南北朝时期，雷公又变为兽形。《搜神记》中记载雷神是"色如丹，目如镜，毛角，长三尺，状如六畜，似猕猴"。

目前雷公神像大多为力士之状，裸胸袒腹，背插双翅，额具三目，脸赤若猴，下巴长锐，足似鹰爪。左手执楔，右手执锤，作欲击状。从顶至旁，环悬连鼓五个，左足盘蹑一鼓。

二、风伯、雨师

风伯，又称风师、箕伯，他的名字叫飞廉，他原来是蚩尤的师弟。他的相貌奇特，长着鹿一样的身体，布满了豹子一样的花纹。他的头好像孔雀的头，头上的角峥嵘古怪，有一条蛇一样的尾巴。他曾与蚩尤一起拜一真道人为师傅，在祁山修炼。

修炼的时候，飞廉发现对面山上有块大石，每遇风雨来时便飞起如燕，等天放晴时，又安伏在原处，不由暗暗称奇，于是留心观察起来。

有一天半夜里，只见这块大石动了起来，转眼变成一个形同布囊的无足活物，往地上深吸两口气后，仰天喷出。顿时，狂风骤发，飞沙走石。那大石又似飞翔的燕子一样，在大风中飞旋。飞廉身手敏捷，一跃而上，将它逮住，这才知道它就是通五运气候、掌八风消息的风母。于是他从风母这里学会了致风、收风的奇术。

神话中掌管雨的神仙，叫屏翳，也叫号屏，又叫玄冥。他其实就是赤松子，又写作赤诵子。赤松子有一种能随着风雨飘上飘下的本领，曾

做过炎帝神农氏的雨师，后来从西王母那里得了不死药之类的东西，能入火自焚，随风雨而上下。赤松子成了仙，上了天，顺便还拐走了炎帝的小女儿。直到高辛氏的时候，赤松子才想起自己的职责，又回到人间来做雨师。炎帝到高辛之间隔着黄帝、少昊和高阳三代，那几百年竟是滴雨未下。相传远古时代，人们以采集和渔猎为生，一日无获，就得挨饿，日子过得很艰难。后来，神农氏用木制作耒耜，教大家种植谷物，秋收冬藏，生活才有所好转。于是神农氏被众人举为首领。

年复一年，一场罕见的旱灾降临了。一连数月，天上没有一滴雨水降落，田里的禾黍全都枯萎了。旱情最重的地方，川竭山崩，连人畜都要渴死，甭说汲水浇地了。

神农氏头发快愁白时，不知从哪儿跑来一位蓬头跣足、容貌古怪的野人，上披草领，下系皮裙，手里还拿根柳枝。野人自我介绍说："我叫赤松子，曾随师傅赤道人在昆仑山西王母石室中修炼多年。赤道人常化为飞龙，南游衡岳，我亦化为赤虬，跟在他身后，还学会布雨的本领。"神农氏闻之心喜，让他马上显示一下。但见赤松子取出一种叫"冰玉散"的粉末吞下，化为一条赤龙，飞上天空。霎时，天上乌云密布，一场倾盆大雨兜头浇下，眼看就要枯死的庄稼又恢复了郁郁生机。神农氏大喜，立封赤松子为雨师，专管布雨施霖的事。

神农氏成仙后，黄帝继任首领，九黎的头领蚩尤不服，兴兵作乱，连赤松子也投奔了过去。等黄帝率领众部落与蚩尤大战于涿鹿之野时，赤松子化为一条虬龙，飞廉变成一只小鹿，一道施起法术。刹那间，天昏地暗，飞沙走石，暴雨狂泻，疾风卷飙。黄帝和他的部下在一片混沌中，连东西南北也辨认不出。蚩尤趁机发动进攻，杀得对方丢兵弃甲。就这样，蚩尤倚仗飞廉和赤松子能征风召雨的优势，九战九胜黄帝，迫使黄帝连连后撤，一直退到泰山。

黄帝在泰山会集群臣，商讨了三天三夜后，终于设计出两个破敌法宝——司南车和牛皮鼓。司南车有两层，共28个轮子，车上有一个手指前方的木刻人。车轮滚动时，无论左旋右转，木刻人的手始终指向正南。牛皮鼓一共80面，一起敲响，声音可以响彻3800里。于是黄帝与蚩尤再次决战。

蚩尤仍使飞廉和赤松子呼风唤雨，吹烟喷雾。这一次，黄帝靠着司南车，始终不迷方向，坚持战斗。紧接着，黄帝的大臣容成等人率人擂起牛皮鼓，顿时惊天动地，裂石崩云，吓得飞廉和赤松子魂飞魄散，赶紧还原成本相，跟着蚩尤一块儿逃窜。黄帝挥师追击，一直追到涿鹿，终获全胜，还活捉了赤松子和飞廉。因为这两个人都表示降伏，黄帝仍叫赤松子当雨师，又封飞廉为风伯，要他们改恶向善，从此为民造福。

三、仓颉造字

传说中的仓颉是黄帝的史官，姓侯冈，他长着一张很奇怪又很威风的脸，嘴巴张得大大的，长着四只眼睛。他天生聪明，一生下来就会写字、画画。他仔细全面地了解天地之间的各种变化：抬头观望天上星群的各种样子，低头察看乌龟背上的花纹以及飞鸟羽毛的形状和大山、河流的高低起伏。当他把这一切都了解清楚以后，就创造了文字。据传说，仓颉造字成功的那一天，天空被这件事惊动了，

降下了粟米，鬼在晚上哭泣，龙也躲起来了。相传仓颉造字之后，刻了28个字在阳虚山的石室内，而后来的秦相李斯只认识其中8个字，其余20个字却不认识。这28个字，虽经寒暑代迁，星移物换，其迹犹存。

> **知识小百科**
>
> ### 李 斯
>
> 秦朝丞相，著名的政治家、文学家和书法家，协助秦始皇统一天下。秦统一之后，他参与制定了法律，统一了车轨、文字、度量衡制度。秦始皇死后与赵高合谋立少子胡亥为二世皇帝，李斯为赵高所忌，腰斩于市。
>
> 公元前221年，秦始皇接受丞相李斯"书同文字"的建议，命令全国禁用各诸侯国留下的古文字，一律以秦篆为统一书体。在此之前，中国的文字从新石器时代彩陶刻画文字的萌芽，经过商代的甲骨文和西周的金文，成长到春秋战国时期，经历了一个漫长的演变和发展过程。战国时期由于群雄割据，"诸侯力政，不统于王，恶礼乐之害己而皆去其典籍"，因而出现了"言语异声，文字异形"的现象，使这一时期的汉字形体产生了地域性的差异，原本只有一种写法的字，到了这时，往往齐秦有异，燕赵不同。因此，统一后的中国急需一种统一的官方文字，李斯奉秦始皇之命制作这种标准字样，这便是小篆。
>
> 为了推广统一的文字，李斯亲作《仓颉篇》七章，每四字为句，作为学习课本，供人临摹。不久，李斯又采用秦代一个叫程邈的奴隶创造的一种书体，打破了篆书屈曲回环的形体结构，形成新的书体——隶书。从此，隶书便作为官方正式书体，始于秦，盛于汉，直到魏晋楷书流行才渐被取代。

四、乐神伶伦

掌管音乐的神叫伶伦，是中央天帝黄帝的臣子。自从女娲造出人类之后，好长一段时间，人世间没有乐器，更没有音乐。传说，在黄帝主宰世界的时候，才开始有了音乐。但那时的音乐，只是把一些木棒、竹棍、瓦罐、石器、皮鼓等相互撞击敲打而已，既单调又嘈杂，很不和谐。这样的音乐，在打仗时，用来鼓舞士气；胜利时，用来庆功助兴；祭祀时，用来敬神消灾；平时，则用来庆贺太平，陶冶性情。黄帝对这样的音乐很不满意。在他看来，乐器应该精美，音乐应该有和谐的旋律。他将这一任务交给了伶伦。伶伦挑选了一批有才华的乐师，背上行装，带上弓箭和工具，长途跋涉，翻越了西方有名的大夏山，来到昆仑山的背面，安营扎寨，准备选材制作乐器。伶伦让大家按自己的愿望和想象，选取各自喜欢的材料制作乐器。有人砍来植物的枝干，有人摘来植物的叶片，有人猎取动物的盘骨，有人雕琢石头。大家各显其能，制造了一些千奇百怪、音调各异的乐器。伶伦一一比较鉴别后，认为用竹管制作的乐器声音千变万化，清脆悦耳。于是，大家从山溪边砍回大量的竹子，选择腔壁薄厚均匀的部分，截成长为三寸九分的竹管，制成了一大批竹管乐器，并把用这种竹管乐器吹奏的音乐取名为"舍少"。一开始，竹管吹出来的音调没有阴阳之分，根本不成音律。伶伦听到人们讽刺他的话，很是灰心失望。

有一次，黄帝正在练习骑马，刚跨上马背，忽然传来伶伦吹竹管发出的怪叫声。黄帝的马听到这种怪音，吓得四蹄腾空，仰头嘶叫，把黄帝从马背上摔下来。黄帝对伶伦说："你制的这个小竹管能惊吓到我的马，可见很不简单，将来一定能吹出好听的音律来。"

在黄帝的鼓励下，伶伦充满了信心，整天苦练。经过反复试验，他用同样精细的竹管，制造了一套由十二根竹管组成的乐器。新的乐器做好了，他还不知道用什么确定每个音的高度。有一天，他独自一人来到凤岭，躺在一块石头上冥思苦想，竟然不知不觉睡着了。当他睡得正香时，忽然被树上一阵美妙的鸟鸣声唤醒了。伶伦坐起来，睁大双眼，细心倾听，而且情不自禁地拿起自制的竹管，模仿鸟的叫声吹了起来。伶伦正吹得起劲时，两只鸟突然停止了鸣叫，展翅飞走了。伶伦急得又是跺脚，又是招手。可是，鸟已经飞得无踪无影了。伶伦回去后把此事报告给黄帝，又把他学来的半生不熟的鸟叫声，断断续续地给黄帝吹了一遍。

黄帝听后高兴地说："这种鸟叫凤凰，是鸟中之王。能招来凤凰，这正是吉祥之兆。"

从此，伶伦每天来到凤岭，坐在一块大石头上，专等凤凰来鸣叫。凤岭树林里不断有凤凰栖落，不过，落在这里的凤凰，不一定都鸣叫。伶伦经过长时间观察发现，在鸣叫的凤凰中，凤的鸣叫声音激情昂扬，凰的鸣叫声音柔和悠长。每对凤凰栖落后，一次各鸣六声，然后连声合叫一遍，就飞走了。那美妙的声音和所定的基本音调配合得非常和谐，伶伦根据凤凰鸣叫的两个六声，经过长时间的揣摩、推敲，终于创制出12个音律，受到了黄帝的赞扬。从此之后，伶伦又把各种飞禽走兽的叫声一一记录下来，不断丰富他所创制的音律。黄帝对伶伦的工作非常满意。他封伶伦为最高乐官，负责全国的音乐创作、演出和乐器制造。

几年之后，伶伦又根据十二律，和另一位乐官荣将一起铸造了12口铜钟。这种大钟和各种乐器配合，可以用来配合宫、商、角、徵、羽五种声音，在演奏大乐《六英》《九韶》时使用，同时宣布只有在每年特定的时间才可演奏。在伶伦的努力下，上古的音乐越来越丰富。

五、门神双将

很久很久以前，在我国的东海上，矗立着一座高山，叫作度朔山。山上有一棵大桃树，树的枝干长达3 000里，在枝干的东北方向有一道门，叫作鬼门，这道门是众鬼出入的地方，有两个专门管鬼的神人驻守在这里，一个叫神荼，一个叫郁垒。

他们手拿绳索夜以继日地在桃树下检阅百鬼。如果有恶鬼为害人间，便将恶鬼绑了喂老虎。后来，人们干脆在桃木板上刻上神荼、郁垒的名字，认为这样做同样可以镇邪去恶，这种桃木板后来就被叫作桃符。到了宋代，人们便开始在桃木板上写对联，一则不失桃木镇邪的意义，二则表达自己美好心愿，三则装饰门户，以求美观。到了唐代，门神的位置便被秦叔宝和尉迟恭所取代。为了祈求一家的福寿康宁，许多地方的人现在还保留着贴门神的习惯。我国的门神大都怒目圆睁，手里拿着各种传统的武器，随时准备同敢于上门来的鬼魅战斗。

相传泾河龙王化身为人，来到集市上，碰到一个算卦先生，两人打了个赌，算卦先生说隔天中午一定会下小雨。龙王想自己是管水的，能够决定雨什么时候下，这个赌一定是自己赢。

结果龙王一回家就收到天帝的命令，让他在第二天中午下小雨。龙王没想到算卦先生算得那么准，但又不甘心认输，就故意等到下午才下雨，而且下了很多雨。虽然他赢了，可是他触犯了天条，天帝就命魏徵来杀他。魏徵恰巧是唐太宗的大臣，于是龙王托梦请求唐太宗，希望能饶过自己一命。

唐太宗答应了龙王的请求，第二天到了斩龙的那个时辰，唐太宗把魏徵找来，要他陪着下棋。但是到了中午，魏徵却睡着了，只打了一个盹儿，就魂灵升天，将龙王斩了。龙王认为唐太宗言而无信，它的鬼魂日夜在宫外呼号讨命，使得唐太宗夜不能寐，终于病倒了。

唐太宗把这件事情告诉群臣，大将秦琼主动说："我是一介武夫，在战场上杀人无数，小小的龙王或者鬼魅吓不倒我，我愿意同尉迟恭戎装立门外以待。"唐太宗答应了。

那一夜有他们两位猛将守护，果然无事。后来唐太宗不忍心每天晚上让他们守在门口，就找工匠把两人的画像画在门上，从此龙王的鬼魂再也没有出现。

明清以来关于门神的

传说是五花八门,关于门神的分类大致如下:捉鬼门神是神荼和郁垒,祈福门神是赐福天官、刘海或招财童子,道界门神是青龙孟章神君、白虎监兵神君,武将门神是唐代名将秦琼与尉迟恭。

六、天师钟馗

钟馗,是中国民间传说中驱鬼逐邪之神。民间传说他是唐初终南山人,生得豹头环眼、铁面虬髯,相貌奇丑,然而却是个才华横溢、满腹经纶的风流人物,平素为人刚直,不惧邪祟。在唐明皇登基时(唐先天元年八月初四),他赴长安应试,钟馗作《瀛洲待宴》五篇,被主考官誉称"奇才",取为贡士之首。可是殿试时,奸相竟以貌取人,迭进谗言,从而使其状元落选。钟馗一怒之下,头撞殿柱而死,震惊朝野。后来唐德宗下诏封钟馗为"驱魔大神",遍行天下"斩妖驱邪",并用状元官职殡葬。

传说,唐明皇睡梦中见一小鬼偷了杨贵妃的紫香囊和自己的玉笛,绕殿而奔,大鬼捉住小鬼后,把他吃了。大鬼相貌奇丑无比,头戴破纱帽,身穿蓝袍、角带、足踏朝靴,自称是终南山落第进士,因科举不中,撞死于阶前。他对唐明皇说:"誓与陛下除尽天下之妖孽。"唐明皇惊醒后得病。病愈后下诏画师吴道子按照梦境绘成《钟馗捉鬼图》布告天下,以祛邪魅。自此钟馗名声大噪,成为名扬天下的捉鬼大神。

民间流传甚广的《钟馗捉鬼图》,来自《逸史》记载的一则故事。因图画的是钟馗捉拿邪鬼的形象,使人认为含有趋吉避凶之意,故多喜之,逢年过节经常购买,挂于家中。

钟馗源于仲葵,本是一种植物的名称,属于椎形菌类。椎本是一种敲打器物的工具,可作武器用,于是,有人便借用其谐音,编出一个手执椎形仲葵打鬼的钟馗。因故事讲的是专门捉拿凶邪恶鬼，很符合人们的心理，故受到欢迎。这样，菌类仲葵便变成了打鬼的钟馗，一个植物的名字也就变成了捉鬼英雄的名字了。

民间悬挂钟馗图，原来都在除夕，如今却是在端午节画钟馗，或赠人，或自挂。这种改变源于乾隆二十二年（1757年），那年因瘟疫死了不少人，在无可奈何的情况下，人们只好将钟馗请出来施威捉鬼，此后逐年相沿成俗。

知识小百科

钟馗嫁妹

传说钟馗有个同乡好友杜平，为人乐善好施，馈赠银两助钟馗赴试。钟馗因面貌丑陋而被免去状元，一怒之下，撞柱而死。跟他一同应试的杜平便将其隆重安葬。钟馗做了鬼王以后，为报答杜平生前的恩义，遂亲率鬼卒于除夕时返家，将妹妹嫁给了杜平。这就是著名的"钟馗嫁妹"。"钟馗嫁妹"成为古代绘画和戏剧的一个重要题材，受到人们的普遍欢迎。有关钟馗的歇后语有：钟馗爷站十字路口——四下拿邪，钟馗开饭店——鬼不上门，钟馗嫁妹——鬼混（婚），墙上挂钟馗像——鬼话（画），钟馗受骗——被鬼迷住，小鬼看见钟馗像——望而生畏，钟馗打饱嗝——肚里有鬼。

七、财神赵公明

赵公明，本名朗，字公明，又称赵玄坛。民间认为赵公明掌管四名与财富有关的小神，其分别是招宝、纳珍、招财和利市，因而称其为财神。

传说很久很久以前，天有十日，一块儿出来为非作歹，其中九个太阳居于扶桑树的下枝，其中一个太阳居住在上枝。尧帝命羿射之，于是羿一口气射落下枝的九日。这九个太阳一落下来，就变成了乌鸦，坠于青城山

中,变成了九鬼王。其中的八个依旧行灾害民,只有其中一鬼对往昔恶行深自悔悟,浪子回头,遂化而为人,托生于赵姓之家。长大之后,父母就给他取名叫名朗,字公明。赵公明很小的时候,就隐居在四川的名山大川里面,虔诚地修炼至道。天师张道陵晚年得到金丹术,入鹤鸣山精修炼丹,遇到了赵公明,感觉他的修行已经够了,于是把他收为门徒,并且精心地传授给他法术,让他身跨黑虎,执鞭护法,日日夜夜守卫丹灶。

有一天,天师的仙丹终于炼成了,一共两颗,天师自己服用了一颗,另一颗让赵公明服下。赵公明服食完毕,变成了黑脸浓须,脸形竟也变成酷似张天师的形状。从此,赵公明居然能够变化无方,武艺高强,并拥有黑虎、铁鞭和百发百中的定海珠、缚龙索等法宝。赵公明被闻太师请去打姜子牙,他助纣为虐,终究难免一死。后来,姜子牙奉元始天尊之命封神,赵公明死后被封为"金龙如意正一龙虎玄坛真君",率领招宝天尊萧升、纳珍天尊曹宝、招财使者陈九公、利市仙官姚少司,统管人世间一切金银财宝。

据说一开始,人们张贴的财神画像里,财神赵公明身边总有端庄美丽的财神娘娘陪伴,后来由于财神娘娘将财神爷当年送她的定情物——一副金耳环送给了一个叫花子,财神赵公明气得大发雷霆,将财神娘娘赶下了神界。

赵公明不但能驱雷役电,除瘟禳灾,而且还主持公道,使人们求财如意。财神爷的元宝赐给生财有道的正人君子,金鞭打的是见利忘义的卑鄙小人。每年的农历正月初五,是财神赵公明的诞辰,这一天,商家都会用三牲来祭祀他,将香烛、水果供奉在桌案上,迎接财神。

知识小百科

财神种种

五路财神：陕西终南山的玄坛真君赵公明与四名主掌招财纳福属神之合称，这也是最广泛的说法。

比干：《封神演义》中比干为商朝忠臣，天帝怜其忠贞，因无心而不偏私，故封为财神，又因为比干是一位文臣，所以也被称为文财神。

天官大帝：道教中，三官大帝分司降福、赦罪、消灾，其中天官专能降福，又有"天官赐福"之说。

土地公：在民间，土地公被视为财神与福神。

布袋和尚：传说中弥勒佛化身为布袋和尚，布袋和尚的笑容与布袋，也常被认为象征欢喜、招财，而视同财神。

福禄寿三仙：又称"三星"，即福星、禄星、寿星，代表吉利。

端木赐：就是孔子弟子孔门十哲的子贡，善于言语，以经商闻名，富至千金。

范蠡：为越国政治家，后来弃官经商致富，号称陶朱公。

关帝君：传说其擅长簿记方法，能保护商业利益。

和合二圣：又称和合二仙。寒山、拾得两人为唐太宗时期的高僧，相传为文殊菩萨、普贤菩萨化身，两人情感融洽，象征和睦与和气生财。很多年画以此为主题。

钟离权祖师、吕纯阳祖师：又称"钟吕二仙"。相传钟离权、吕纯阳二人能"点石成金"（将石头变为黄金），故一些金矿工人或商人奉二仙为保护神、财神。

沈万三：民间传说明朝商人沈万三致富的原因是"聚宝盆"，说沈氏得到了一只聚宝盆，不管将什么东西放在盆内，都能变成珍宝。

韩信：传说汉朝淮阴侯韩信发明了许多赌博用具，供士兵玩乐。有些赌徒会供奉之，称其偏财神。

> 刘海：民间相传道教全真道祖师刘海，能戏金蟾。金蟾为神物，能吐钱奉人。

八、十二生肖

相传远古的仓颉创造文字后，黄帝就发明了天干地支历法。开天辟地之初，黄帝骑着混沌兽遨游四方，遇到女神女娲。女娲身边有两个肉包，大肉包里有10个男子，小肉包里有12个女子。黄帝说："这是天干和地支神，来治理乾坤的。"于是为他们分别取名，配夫妻，成阴阳。男的统为天干，女的则为地支。天干为甲、乙、丙、丁、戊、己、庚、辛、壬、癸。地支是子、丑、寅、卯、辰、巳、午、未、申、酉、戌、亥。天干地支搭配起来轮转一圈为60年。这种历法在当时来说是很科学的，因此人们沿用至今。但是，这种计算年月时辰的方法太复杂了，于是黄帝决定选12种动物图像搭配上去，这样人们一看到动物的图像，便知道是啥年头了。

有一年年底，黄帝命仓颉传一道圣旨，邀请天下的动物在正月初一清早到宫殿门口等待挑选，谁来得早选谁，只选前12名。

大年三十夜里，老牛思量着自己走得慢，腿脚不利索，所以他没有休息，半夜就赶到宫殿门口，排了第一名。老虎在天蒙蒙亮的时候就赶到了，抢到了第二名。紧接着，玉兔、苍龙、青蛇、白马、山羊、精猴、公鸡、黑狗、懒猪、黄猫等动物也都相继赶到。

老鼠因为夜里偷油时，推翻了酒罐子，喝酒喝醉了，来得最晚，排在了其他动物之后。它想：反正是选不上了！既然

来了也不能空着肚子回去，再说也该磨磨牙齿了。于是，它钻进仓库里找东西吃。它发现了一对大蜡烛，就咬了几个大窟窿。肚子吃饱了，它也累了，便缩在墙角里睡着了。

这时，天已亮了，黄帝吩咐点蜡上香，准备开宫门选拔动物。谁知去仓库取红蜡烛的人却空着手回来了，回报说："蚩尤送来的那对大红蜡烛被老鼠咬破，蜡烛里面填满了火药！"

原来，蚩尤打不过黄帝，便假意归顺，送来这一对大红蜡烛作为礼物，企图在黄帝上香时炸死黄帝。幸亏大红蜡烛被老鼠提前咬破，蚩尤的阴谋被识破。黄帝想：老鼠不但救了我和群臣之命，还使挑选动物属相的大事能够顺利进行。于是，提议封老鼠为十二属相之首，仓颉等群臣都表示赞同，其他动物也一致拥护。

旭日东升，宫门大开，选属相开始，仓颉连喊几声"鼠"，却没有应声，黄帝急忙派人四处寻找，终于在仓库墙角将它找到，它醒后，还以为黄帝派人来抓它问它毁烛之罪呢，吓得到处乱窜，直到人们说明原委，它才高高兴兴进入宫殿应选。

黄帝根据动物出没时间和生活特征，将12种动物作为十二生肖，即每一种动物为一个时辰。老鼠排行第一，因为子时老鼠胆量最壮，活动最频繁；丑时老牛"反刍"最细、最慢、最舒适；老虎寅时最活跃、最凶猛；卯时玉兔的光辉还未隐退；辰时群龙行雨；巳时蛇多隐蔽在草丛中；午时一般动物都躺着休息，只有马还站着；未时羊撒出的尿可治愈惊疯病；申时猴子最喜欢啼叫；酉时鸡开始进笼归窝夜宿；戌时狗守夜的警惕性最高；亥时猪睡得最酣。

仓颉按子鼠、丑牛、寅虎、卯兔、辰龙、巳蛇、午马、未羊、申猴、酉鸡、戌狗、亥猪的顺序，点唱完了十二属相动物的名次，恰巧把原来排在第十二位的黄猫给挤掉了。从此，猫恨死了老鼠，只要一见老鼠便穷追不舍，捕到以后，还要百般捉弄，吓到半死才将其吃掉。猫还经常用爪在脸上摸索，我们一般就说它是在"洗脸"，它十分注意打扮自己，是想把老鼠捕尽后，自己补入十二属相之列。

九、月下老人

相传唐代有个叫韦固的人，是个孤儿。韦固长大后，一次出外游学，住进了宋城的南店。一天晚上，韦固到店外散步，见到一个奇异老人，靠着一个布口袋坐在台阶上，在月光下翻看着一本书，像在查找什么。韦固问他："请问老人家您翻阅的是什么书？"老人笑着回答道："天下人的婚书。"韦固没听说过婚书这等事情，感觉有点不可思议，接着又问老人："您袋中装的是什么东西？"老人抬头微笑着说："袋中都是红绳，用来系住夫妇二人的脚。这两个人如果被我的红绳连在一起，哪怕是百年仇敌之家，哪怕贫富悬殊极大，哪怕远隔千山万水，此绳一系，便定终身。但是，两个人再恩爱，如果我没有用红绳拴住他们的脚，两个人也是不能在一块的。这就叫'千里姻缘一线牵'。"

韦固很惊讶，忙询问自己的婚事："老人家，您说我的妻子是谁啊？"老人翻书查看，笑着说："你的未婚妻，就是店北头卖菜的瞎老太婆的三岁的女儿。"韦固一听很不高兴，心想自己抱负远大，怎么会娶一个卖菜人家的女子？韦固虽然心里愤愤不平，但是脸上也没有表现出来，只是悻悻地返回了居住的客店。

回来之后，韦固马上喊来随行的仆人，命他暗中去刺死这个三岁的小女孩。第二天仆人找到了那个小女孩，上去就是一刀，慌乱中没有刺中小女孩的心脏，只刺伤了她的眉心。仆人回来和韦固带着行李连夜逃走了。

十几年之后，韦固驰骋沙场，骁勇善战，立下了赫赫战功。有一次，刺史王泰犒劳士兵，看他少年英勇，踌躇满志，十分喜爱，就把女儿许配给他。

刺史的女儿长得挺漂亮，而且是知书达礼的大家闺秀。韦固十分满意，可是妻子的眉心老是粘着贴花。韦固问她是怎么回事，她说："我以前是一个卖菜人家的女儿。自幼贫寒，三岁时，父亲去世了。有一天，突然有一个人想杀死我，幸运的是我命大，只刺中了眉心。母亲报告了官府。刺史王泰大人就负责调查这个案子，可是始终不明因果，刺史可怜我的遭遇，就收我为养女，对待我如同亲生女儿一般。我觉得这样一个醒目的伤疤在脸上不好看，就一直贴花在此。现在才告诉夫君，还望您包涵。"韦固这才知道此女正是过去他派人行刺的幼女，后来被王刺史收养，视为己出。韦固见天意不可违，就死心塌地地跟她相亲相爱。后来，他们生了一个男孩名叫韦鲲，官至雁门太守。宋城的县宰知道这件事后，把那间客栈定名为"定婚店"。牵红绳的老人，从此被称为"月下老人"，"月老"也成了媒人的代名词。

知识小百科

媒人的来历

在我国漫长的封建社会里，男女之间讲究授受不亲，男女双方一般都要经人从中说合，才能共结连理，这就是所谓的"父母之命，媒妁之言"。为什么称为"媒人"，还有一个传说。相传远古时，有一个聪明的小伙子叫赵景，住在东山庄，经一位好心的老汉牵线搭桥，与西山庄一个名叫阿彩的美丽的姑娘成了亲。婚后，夫妻俩相亲相爱。后来，夫妻俩想报答那位老汉，却又找不到他，便用米粉为他塑了一尊像，把塑像放在桌子上，又怕人家看见取笑，夫妻俩便把米粉人藏在柜子里。过了一段时间，夫妻俩打开柜子一看，米粉人已发了霉，他们惋惜地叫出了"霉人"两个字。从此，人们便把为青年男女牵红线的人叫"霉人"，后因"霉人"不雅，又改称"媒人"。

"媒人"的另一美称是"冰人"，典故源于《晋书》。故事梗概为：孝廉令狐策一日做了一个梦，梦见自己站在冰层上，与冰层下面的人说话。醒后，便去找隐士素沈圆梦。素沈说：你能站在冰上和冰下的

> 人说话，这象征着你在调和阴阳，调和阴阳就是做媒介，你将会给别人做媒。但这媒很不容易做，要用你的热情把冰融化了，男女双方才能成婚。令狐策半信半疑。他回到家中，太守田豹果然来求他说媒。原来田豹的儿子看中了张公征的女儿，因知令狐策与张公征是至亲，特请他帮忙到张家求婚。令狐策本不愿意做媒，怎奈田豹再三恳求，只好去试一试，不料张家满口答应。第二年仲春，田公子与张小姐喜结良缘。令狐策将此事向亲友叙说，于是"冰人"做媒一事便不胫而走。自此以后，"冰人"就被用来代称媒人，给人做媒也叫"作冰"。

十、紫姑神女

紫姑又作"子姑""厕姑""茅姑""坑姑""坑三姑"等，是中国民间信仰的厕神。我国古代民间有正月十五迎厕神紫姑的习俗，进行祭祀，占卜诸事。

紫姑的命运非常凄惨。她本姓何，名媚，字丽卿，自幼聪明好学，长大后嫁给了一位唱戏的伶人。武则天垂拱年间，寿阳刺史李景害死了何媚的丈夫，然后把她纳为侍妾。何媚年轻漂亮，在李景家中遭到原配妻子的嫉妒。

嫁给李景没几年，紫姑就怀有身孕。李景的正妻害怕紫姑生了男孩，自己地位不保，于是偷偷找来郎中，开了一副堕胎药。她拿着熬好的药，来到紫姑房间，让紫姑趁热喝了安胎药。紫姑心地善良，哪里会想到别人害自己。她接过碗说："大姐，谢谢你了，还亲自给我熬药。"紫姑喝完药，只觉得肚腹剧痛。侍女们见状，赶紧找来大夫。经过抢救，紫姑终于苏醒过来，可是孩子已经没有了。紫姑哭得死去活来。

李景回到府中，听说了此事，赶忙询问怎么回事。侍女们都不敢说。最后，李景终于弄明白是他的正妻在搞鬼。可是，这丝毫动摇不了李景对紫姑的喜爱。不久，他的正妻又心生毒计，于正月十五的夜间，将紫姑杀死在茅厕里。

紫姑含冤而死，阴魂不散，经常在厕所周围游荡。李景每次上厕所，都能听见她啼哭的声音。武则天闻知此事后，很同情紫姑的遭遇，便下令封其为"厕神"。

　　后来，世人按何媚的样子，做成纸人或木头人，放在茅厕之中。每逢正月十五元宵节的晚上，一方面祭祀，另一方面迎接厕神紫姑。

知识小百科

独占鳌头

　　魁星是北斗七星中形成斗形的四颗星。一说为其中离斗柄最远的一颗星。二十八星宿之一，是西方白虎七宿的第一宿，被古人称为主管文运之神。明末清初学者顾炎武在《日知录》中说："今人所奉魁星，不知始自何年，以奎为文章之府，故立庙祀之，乃不能象奎而改奎为魁。"继而魁星被形象化为一赤发蓝面鬼，立于鳌头之上，翘足、捧斗、执笔的模样。唐宋时，皇宫正殿雕龙和鳌于台阶正中石板上。考中进士者站在阶下迎榜，而头名状元则站在鳌头上，所以称为"独占鳌头"。

十一、龙之九子

　　龙王生了九个儿子，长大以后模样各异，秉性不同。龙王见儿子大了，整日游手好闲也不是办法，就想给他们每人分派一个职务。但是他并不清楚每个孩子适合什么样的工作，于是他决定暗中考察，根据孩子们的性情、能力做出合适的安排。龙王乔装成一贫苦老人的模样，进行私访。龙王出了宫，首先到长子赑屃的居处，他悄悄溜进院子，见赑屃独自一人，顶着一块巨石在练力气，虽然汗流浃背，但仍练功不止。龙王看了，心想这孩子能负重耐劳，心里挺高兴，随即走出院子。龙王接着来到螭吻的家，还未进门，就远远看见螭吻站在房顶上东张西望，俯瞰四周。龙王心想，原来这孩子喜欢登高望远。

　　龙王接着去往三子蒲牢的家，哪知行至半途，就听见蒲牢吼吼的声音。龙王心想他的声音洪亮，远传四方，要给他一个合适的差使才好。龙王又转身走向四子狴犴的家，还未进门就听见狴犴在高谈阔论，无人敢驳。龙王想此子形貌威武，又喜欢议论，于是心中想好了该如何安排他的工作。接着，龙王向五子饕餮家走去，一路上看见不少人肩挑各种食物匆匆赶路，龙王一问，都是送到饕餮家里的。龙王由此知道这个孩子特别喜欢吃，贪食成性，将来应该安排一个与饮食有关的职务。龙王又掉头去看六子蚣蝮，刚走到蚣蝮家前的河边，就见蚣蝮在河中嬉戏，喷水成雾，掀波翻浪。龙王见他喜水，心中也做好了打算。

然后，龙王向七子睚眦家走去，离他家还有十里路，四周已经看不见一户人家，静悄悄的，连落叶的声音都听得到。偶然碰到一个行人，那人神色慌张，匆匆忙忙地走过。龙王拦住一问，那人说："龙王七王子的杀气太重，谁也不敢靠近，我劝你也不要往前走了，赶紧躲远点吧！"龙王听了心中也有了打算。此时他想起八子狻猊，虽然相貌狰狞，但性情和顺，与七子大不相同。

最后，龙王去看幼子椒图。只见椒图家四面围墙高筑，老远就立着告示牌，不许闲人走近。龙王由此知道这个儿子性格孤寂，暗中想好如何安排。

龙王弄清九个儿子的品性后，回到龙宫，传九个孩子前来。

龙王下旨说："你们都已长大成人，我今分派职司：赑屃沉毅，性喜负重，今后专驮天下石碑；螭吻性喜登高望远，今后在殿庙屋脊上两头看守；蒲牢声音洪亮，可作钟上之钮；狴犴容貌威武，性喜议论，担当狱门装饰；饕餮贪食成性，可作食鼎图饰，常沾油水；蚣蝮性好戏水，今后专在桥栏上驻守；睚眦杀气重，专门看守刀剑之类的兵器；狻猊性情温顺，专司看守香炉和在佛座下侍候；椒图不喜闲人，最适合把守宫殿、庙宇。"

> **知识小百科**
>
> **黄帝骑龙升天之传说**
>
> 　　龙帝，亦即天帝，也叫"玉皇大帝"，传说就是华夏民族的始祖黄帝的化身。《史记·封禅书》中记载，黄帝和老百姓在首山采掘铜矿，把开采出来的铜铸成一只很大的铜鼎，放在荆山脚下。铜鼎铸成时，有龙垂胡髯下迎黄帝升天。黄帝就骑到龙背上去，他手下的群臣还有妻儿也都纷纷往上爬，一共上了70多人。这时，龙升上天去，剩下的小臣挤不上，一个个都抓着龙的胡须。龙髯受不了重量而断了，黄帝带着的弓也被拉落下来，臣僚们只得抱着龙髯和弓号哭。黄帝升了天后便成了天帝。

十二、蛮龙归正之传说

　　据说，禹治水有三样法宝：一是伏羲给他的河图、玉简；二是天上的应龙，用尾巴划地，给他指引方向，禹沿着应龙尾划的线路，领着民工开凿河道，疏导洪水；三是大乌龟，把息石和息壤投到低洼的地方。

　　有一天，一条全身乌黑的龙在坝边的洪水里翻身打滚，兴风作浪，把禹他们辛辛苦苦筑起来的大坝弄倒了。应龙告诉禹，这是一条蛮龙，邪气太重，归不了正的。乌龟驮着禹上了一座高山，看见那条全身乌黑的巨龙头上长着一对雪白耀眼的龙角，正在嬉戏翻腾，不时掀起冲天的浪。禹指责它，它全然不理。禹于是取出一块小小的五彩息石，放在乌龟的尾尖，那息石立即成为一块斗大的巨石。乌龟只把尾巴轻轻一挥，空中就划出一道朦胧虹样的弧线，五彩息石不偏不倚地落在乌龙脑门顶上的两只龙角之间。乌龙哈哈大笑说："这块小小的花石头，奈何我不得。"可那五彩息石，无时无刻不在膨胀变大。不一会，便把蛮龙的两只龙角撑紧了，疼得它直摇头。五彩息石不断生长，最终把蛮龙制服了。

　　从此，蛮龙成了禹一个得力助手，听候禹调遣。

十三、"年"的传说

相传在很久以前,中原有一种叫"年"的怪兽。它长相十分凶狠,头顶有角,四肢非常庞大。它见人吃人,见牲畜吃牲畜。造字的仓颉看见过它,感觉它和牛很相似,所以就把它的字形和牛的字形造得差不多。远古时代,它是百兽之王,狮子、大象、老虎都是它的果腹美食。它所到之处,生灵涂炭,尸横遍野。

这怪兽常年住在海底,只有除夕的晚上才爬上岸来。它一来到人间,就吃人伤畜,百姓便遭殃了。每到除夕这天,村村寨寨的人们都会扶老携幼逃往深山,以躲避"年"兽的伤害。这年除夕,桃花村的人们正忙着上山避难,乡亲们有的封窗锁门,有的收拾行装,有的牵牛赶羊,到处人喊马嘶,一片匆忙恐慌景象。这时从村外来了个乞讨的老人,他手拄拐杖,臂搭袋囊,银须飘逸,目若朗星。村东头一位老婆婆给了老人些食物,并劝他快上山躲避"年"兽,那老人捋髯笑道:"婆婆若让我在家待一夜,我一定把'年兽'撵走。"老婆婆见他鹤发童颜、精神矍铄、气宇不凡,便继续劝说,乞讨老人笑而不语。老婆婆无奈,只好安顿好老人,上山避难去了。半夜时分,"年"兽闯进村,它发现村里的气氛与往年不同:村东头老婆婆家,门贴大红纸,屋内烛火通明。"年"兽浑身一抖,怪叫了一声,朝老婆婆家怒视片刻,随即狂叫着扑过去。将近门口时,院内突然传来"砰砰啪啪"的炸响声,"年"浑身战栗,再不敢往前凑了。"年"最怕红色、火光和炸响。这时,老婆婆家的门大开,院内一位身披红袍的老人在哈哈大笑。"年"大惊失色,狼狈逃窜了。

原来,这老人是天上的神仙,他本是来人间四处云游的,哪知遇到了这样的事。为了让人们过上平安祥和的日子,他决心除掉怪兽。第二天是正月初一,人们纷纷从山里回来了,他们见村里安然无恙十分惊奇。这时,老婆婆才恍然大悟，赶忙向乡亲们述说了事情的始末。乡亲们一齐拥向老婆婆家，只见老婆婆家门上贴着红纸，院里一堆未燃尽的竹子仍在"啪啪"炸响，屋内几根红蜡烛还没有燃尽。乡亲们为庆贺吉祥的来临，纷纷换新衣戴新帽，到亲友家道喜问好。这件事很快在周围村里传开了，人们都知道了驱赶"年"兽的办法。从此每年除夕，家家贴红对联、燃放爆竹，户户烛火通明、守更待岁。初一一大早，还要走亲串友道喜问好。这风俗越传越广，成了中国民间最隆重的传统节日。

知识小百科

元宵节的传说

汉高祖刘邦死后，吕后之子刘盈登基为汉惠帝。惠帝生性懦弱，优柔寡断，大权渐渐落在吕后手中。汉惠帝病死后，吕后独揽朝政，把刘氏天下变成了吕氏天下。朝中老臣、刘氏宗室深感愤慨，但都因惧怕吕后的残暴而敢怒不敢言。

吕后病死后，诸吕惶惶不安，害怕遭到伤害和排挤，于是在上将军吕禄家中秘密集合，共谋作乱之事，以便彻底夺取刘氏江山。

此事传至刘氏宗室齐王刘襄耳中，刘襄为保刘氏江山，决定起兵讨伐诸吕，随后与开国老臣周勃、陈平取得联系，设计除掉了吕禄，"诸吕之乱"终于被彻底平定。

平乱之后，众臣拥立刘邦的第二个儿子刘恒登基，称汉文帝。文帝深感太平盛世来之不易，便把平息"诸吕之乱"的时间正月十五定为与民同乐日，京城里家家张灯结彩，以示庆祝。从此，正月十五便成了一个普天同庆的民间节日——元宵节。

——傅璇琮主编，泰山出版社《古代神话》，2012年

清明节的传说

春秋时期，晋公子重耳为逃避迫害而流亡国外。流亡途中，在一处渺无人烟的地方，他又累又饿，再也无力站起来。随臣找了半天也找不到

一点吃的。正在大家万分焦急时,随臣介子推走到僻静处,从自己的大腿上割下了一块肉,煮了一碗肉汤端给重耳。重耳吃后渐渐恢复了精神,当重耳发现肉是介子推从自己的腿上割下的时候,感动地流下了眼泪。

19年后,重耳做了国君,也就是历史上的晋文公。即位后文公重重赏了当初伴随他流亡的功臣,唯独忘了介子推。很多人为介子推鸣不平,劝他面君讨赏,然而介子推最鄙视那些争功讨赏的人。他收拾好行装,就和老母亲悄悄地到绵山隐居去了。

晋文公听说后,羞愧莫及,亲自带人去请介子推,然而介子推已离家去了绵山。绵山山高路险,树木茂密,找寻两个人谈何容易。有人献计,从三面火烧绵山,逼出介子推。大火烧遍绵山,却没见介子推的身影,火熄后,人们才发现背着老母亲的介子推已坐在一棵老柳树下死了。晋文公见状,恸哭不已。装殓时,从树洞里发现一血书,上写道:"割肉奉君尽丹心,但愿主公常清明。"为纪念介子推,晋文公下令将这一天定为寒食节。

第二年晋文公率众臣登山祭奠,发现老柳树死而复活,便赐老柳树为"清明柳",并晓谕天下,把寒食节的后一天定为清明节。

——傅璇琮主编,泰山出版社《古代神话》.2012年

十四、寿星彭祖

在颛顼众多的子孙后代中,最著名的当然要数彭祖了。彭祖浓眉大眼,秃头黑胡子,手里持有一根鸟头拐棍,其表情沉静,略显呆滞。他还没有出世,父亲就死了。他的母亲怀孕了三年,可是孩子还是没有生下来,最后没有办法,只好拿刀子从左边的腋窝下划开一个口子,从里面跳出来三个孩子;又拿刀子从右边的腋窝下划开一个口子,又从里面跳出来三个孩子。彭祖就是这六个孩子中的一个。他从尧舜时代一直活到了周朝初年,一共活了800多岁。彭祖760多岁的时候,看起来还像个年轻人一样,一点儿也不显得衰老。

彭祖少年时就喜欢清静,淡泊名利,非常注重修身养性。君王听说

他品德高洁，请他出任大夫的官职，但彭祖常常以有病为借口，不参与公务。他非常精通滋补身体的方术，常服用"水桂云母粉""麋角散"等丹方，所以面容总像少年人那样年轻。他清静无为，幽然独处，很少到处游玩。即便是出行，也是一个人独自走，人们都不知道他到什么地方去。彭祖有车有马但很少乘用，出门时常常不带路费和口粮，一走就是几十天甚至几百天，但回来时仍和平常一样健康。平时，他常常静坐屏气，心守丹田。从早晨一直到中午都端端正正地坐着，用手轻轻揉双眼，轻轻按摩身体的各部位，用舌头抵嘴唇吞咽唾液，运上几十次气，然后才收功，闲来散步谈笑。如果他偶尔感到身体疲倦或不舒服，就运用闭气的方法来治体内的病患。

殷王想知道他的长寿秘诀，就派了一个侍女，坐着五彩的辇车，去向彭祖请教长寿的奥妙。

彭祖说："如果想要升入天堂到仙界做仙官，就要常服金丹。九召、太一都是因为常服金丹才白日升天的。不过这是道术中最高的，人间的君王是做不到的。其次养精蓄神，服用药草，也可以长生。但是如果本身不懂得阴阳交合的道理，就是吃药也没有效果。我是遗腹子，3岁就死了母亲，又赶上了犬戎之乱，颠沛流离逃难到了西域，在那里待了100多年。以后又陆续死了49个妻子，失去了54个儿子，多次遭难，损伤了我的元气。修炼道术，就应该吃甘美的食物，穿轻柔华丽的衣服，懂得阴阳相通相变的道理，也可以做官。修道的人应该骨骼健壮，面色和体肤有光泽，虽年老而不衰弱，年岁越大见过的事越多。长年在人间，冷热风湿伤不着，鬼神精怪不敢犯，五种兵器和百种毒虫都不能靠近，

别人的褒贬议论都毫不在乎，这些都是最可贵的。人生在世本来就接受着天地之气，即使不懂得修道的方术，但只要有适当的修养，就可以活120岁。如果稍微懂点道术，就可活240岁。要是再多懂些道术，就可以活480岁。真正弄通了修炼的原理，就能长生不死了，只是不能成仙而已。延年益寿最根本的一条就是不要使身心受到伤害。要适应冬寒夏热的四季气候变化，使身体永远舒适；对女色和娱乐都要适可而止，不要被贪欲所诱惑，这样你的内心就可以安然洁净；对于做官时的车马仪仗服饰，都知足而不贪求，这就能使你志趣专一；音乐绘画使人赏心悦目，使你的心情能够得到启迪。所有这些，都能修身养性。一个人如果能够修身养性，运气炼身，那么万神都会来到他的心中。如果不能很好地调养自身，把身体搞得十分衰弱，那万神也就自然离去，就是再悲伤也不能把神留住。我的先师曾写过《九都》《节解》《指教》《韬形》《隐守》《无为》《开明》《四极》《九灵》等论述道术的经典，共有13 000条，用以教导那些刚入门学道的人，你可以拿去参照着使用吧。"

说完，就长叹一声，不知所踪。后来，有人在流沙国的西部看见过彭祖，只见他骑着骆驼，在沙漠中慢慢地走着。

于是人们就纷纷猜测他长寿的原因。其实彭祖长寿是因为他擅长烹调一种味道鲜美的非常可口的野鸡汤。有一次，他把这种鸡汤献给了天帝。天帝吃了之后，一高兴，就赏赐他800年的寿命。可是，即使是这样，在彭祖临死的时候，还是懊恼自己不能永远活在人世呢！

据传彭祖故里和安葬地是四川眉山市彭山区，那里有彭祖山、彭祖墓等景点。彭祖山，原名"仙女山"，古称"彭亡山""彭女山"。因彭祖及其女儿在此生息、修炼而得名。彭祖山海拔610米，垂直高差158米，因是养生术创始人彭祖修炼和陵寝之地而闻名四海，被尊为中华养生文化第一山。

> **知识小百科**
>
> ### 寿星
>
> 寿星，是民间传说之神，本为星名，后世小说、戏曲为神仙之名。寿星和南极老人古代所指不同。寿星即东方七宿之首的角、亢二宿。南极老人即南极星，古人以此星的隐显为王朝命运兴衰的征象。东汉时郊祀南极老人星，同时举行敬老活动，南极老人星渐演变为保佑人间年寿的吉祥星。唐时设寿星坛，同时并祭南极星和东方角、亢二宿，宋以后二星渐混而为一。道教初以南极星为神仙，《真灵位业图》将"南极老人丹陵上真"列在太极左位，后因应民间流传，二星合而为一。在祝寿吉祥图中寿星形象为一白发老翁，鹤发童颜，面目慈祥，其额部隆起，所挂弯曲拐杖，必高过头顶，常被民间用作年画图案，是吉祥长寿的象征。常衬托以鹿、鹤、仙桃等，象征长寿。

十五、八仙过海

八仙是中国古代神话里的八位神仙，他们是汉钟离、张果老、铁拐李、韩湘子、曹国舅、吕洞宾、蓝采和、何仙姑。传说八仙分别代表着男、女、老、幼、富、贵、贫、贱。汉钟离的芭蕉扇、铁拐李的葫芦、蓝采和的花篮、何仙姑的荷花、吕洞宾的剑、韩湘子的笛子、张果老的渔鼓、曹国舅的玉板一般称为"暗八仙"或八宝，常出现于刺绣、民间艺术之中，均代表吉祥之意，而且随场景不同而变换。这八位神仙各有道术，法力无边。"八仙过海，各显神通"，关于他们还有一段家喻户晓的故事。

很久很久以前的一天，吕洞宾、铁拐李、汉钟离、蓝采和、韩湘子、张果老、曹国舅、何仙姑八位神仙，在丹崖山下的仙人洞里坐得无聊，便起身到仙阁上饮酒作乐。酒过三巡，铁拐李禁不住游兴大发，对众仙人说："都说蓬莱、方丈、瀛洲三座仙山景色很好，我们何不前去游玩一番！"吕洞宾提议说："我们既然都是仙人了，这一次渡海，不妨试试我们各人的法力，用自己的神通渡过东海，怎么样？"说完，他就把手中的长剑抛入东海，自己纵身一跳，跳到了长剑上。长剑所过之处，海浪纷纷向两边分开。剩下的仙人也都纷纷显出自己的神通。

铁拐李拿出装酒的葫芦，向海里一扔，葫芦瞬间变大，铁拐李向上轻轻一跳，正好坐在葫芦上，晃晃悠悠过了海。汉钟离打开蒲扇，迎风而飞。曹国舅脚踏玉板，在浪涛间稳稳前行。蓝采和扔出花篮，喊了三声"大、大、大"，花篮瞬间变大，蓝采和跳上去，如同乘坐了一条漂亮的花船。韩湘子拿出玉笛，投进海中，玉笛迎风而长，劈风破浪。何仙姑默念咒语，将自己手中的荷花扔向海中，荷花变大，载着何仙姑稳稳前进。张果老更是招数高明，只见他掏出一张纸来，折成了一头毛驴，纸驴四蹄落地后，仰天一声长叫，驮着张果老踏浪而去。张果老倒骑在驴背上，一会儿就到了对岸。

七位仙人已经到了对岸很久了，可是还看不见蓝采和的人影。原来，他被东海龙王敖广抓到海里去了。刚才八仙过海时，东海龙王敖广酒后兴起，正带着虾兵蟹将出海游玩。刚到渤海海面，见八仙各显神通，不由心生歹意。他下令虾兵蟹将抢走蓝采和的竹篮，蓝采和与之争斗，终因寡不敌众，被敖广抓住关进了水晶宫。

七仙大怒，个个奋勇上前解救，展开了一场恶战，敖广一下子潜入了海底。他见七仙来势凶猛，慌忙挥舞着大旗，催动虾兵蟹将，掀起漫海大潮，向七仙淹来。汉钟离挺着大肚子，飘飘然降落潮头，轻轻扇动蒲扇，只听"呼"一声，一阵狂风把万丈高的海浪和虾兵蟹将都扇到九霄云外去了，吓得四大天王连忙关了南天门。敖广见汉钟离破了他的阵势，忙把脸一抹，大喝一声"变"，海里突然蹿出一条巨大的鲸鱼，张开闸门似的大口来吞汉钟离。汉钟离急忙扇动蒲扇，不料那巨鲸毫无惧色，嘴巴越张越大。这下，汉钟离可慌了神了。危急之中，忽然传来韩湘子的仙笛声，那笛声悠扬悦耳，鲸鱼听了，斗志全无，渐渐浑身酥软，瘫成一团。吕洞宾挥剑来斩鲸鱼，谁知一剑劈下去火星四溅，锋利的宝剑斩出个缺口，仔细一看，才知那是一块大礁石。

吕洞宾火冒三丈，铁拐李在一旁笑眯眯地说："待我来收拾它！"只见铁拐李向海中一招手，他的那根拐杖"唰"地蹿出海面，铁拐李拿在手中，一杖打下去，不料打在一堆软肉里，礁石已变成一只大章鱼，拐杖被章鱼的手脚缠住了。原来，这巨鲸和章鱼都是敖广变的。这时，他慌忙化作一条海蛇，向东逃窜。张果老拍手叫驴，撒蹄追赶，眼看着就要追上，不料毛驴被蟹精咬住脚蹄，一声狂叫把张果老抛下驴背，幸亏曹国舅手疾眼快，救起张果老，打死了蟹精。

敖广被逼急了，现出本相，摆动着横七竖八的龙角，舞动着尖利的龙爪，向大仙们猛扑过来。七位大仙各显法宝，一齐围攻敖广。最后，众仙连斩敖广两个龙子，虾兵蟹将大败而归。

敖广斗不过七仙，又丧子折兵，非常恼怒，急忙请来南海、北海、西海龙王，四海龙王催动三江、五湖、四海之水，掀起滔天巨浪，杀气腾腾地直奔众仙而来。正在危急之时，忽见金光一闪，浊浪中闪出一条路来，原来曹国舅的玉板天生具有避水神力，他怀抱玉板在前面开路，众仙紧紧跟随在后面，任凭巨浪排山倒海，也奈何不了他们。四海龙王见此情景，便又调动了四海兵将准备再战。正要大动干戈的时候，惊动了南海观世音菩萨，她急忙喝住双方，并出面调停，直至东海龙王敖广释放蓝采和，双方才罢战。

知识小百科

八仙的起源与形成

"八仙"一词在中国历史上一直拥有不同的含意,直到明朝吴元泰的《八仙出处东游记》(一般称为《东游记》)才正式定型为汉钟离(或钟离权)、张果老、韩湘子、铁拐李、吕洞宾、何仙姑、蓝采和及曹国舅。

道教的八仙缘起于唐宋时期,当时民间已有《八仙图》,元朝马致远的《岳阳楼》、范子安的《竹叶船》和谷子敬的《城南柳》等杂剧中,都有八仙的踪迹,但成员经常变动。马致远的《吕洞宾三醉岳阳楼》中,并没有何仙姑,取而代之的是徐神翁。在岳伯川《吕洞宾度铁拐李岳》中,有张四郎却没有何仙姑。明《三宝太监西洋记演义》中的八仙,则以风僧寿、玄虚子取代张果老、何仙姑。

八仙宫

八仙宫又名"八仙庵",位于陕西西安市郊区,是该地区现存唯一的道教宫观,1983年被国务院列为全国重点道教宫观。它是供奉八仙的场所,其创建与八仙的故事有直接的联系。

八仙宫所在地本来是唐朝的皇宫旧址,传说在宋朝时有一位道士在这里看到了八仙,就开始修建道观。12世纪时,道教的全真派盛行,在这里大规模修建道观,奠定了现在的规模。明朝时它已经非常有名。到清朝康熙年间,成为全真派的中心之一。在鼎盛时期,它占地面积达到6000多平方米。现存建筑主要有山门、灵官殿、八仙殿、钟鼓楼等,布局严谨。里面还供奉着药王孙思邈,他是中国古代伟大的医学家,也是位著名的道士。

第九章

中国神话面面观

第一节 四象

古人以太阳经行之黄道为参照，将恒星分为二十八宿，每七宿一组，分别以四灵命名。东方角、亢、氐、房、心、尾、箕为青龙；南方井、鬼、柳、星、张、翼、轸为朱雀；西方奎、娄、胃、昴、毕、觜、参为白虎；北方斗、牛、女、虚、危、室、壁为玄武。五行家们照着阴阳五行给东南西北中配上五种颜色，而每种颜色又配上一个神兽与一个神灵。东为青色，配龙；西为白色，配虎；南为朱色，配雀；北为黑色，配武；黄为中央正色。于是青龙、白虎、朱雀、玄武便是"四象"，后经道教演变为四方护卫神。到了秦汉，"四象"又变为"四灵"或"四神"（龙、凤、龟、麟）了，神秘的色彩也越来越浓。现存于南阳汉画像石馆的汉代《东宫苍龙星座》画像石，是由一条龙和十八颗星以及刻有玉兔和蟾蜍的月亮组成的，这条龙就是整个苍龙星座的标志。汉代的画像砖、石和瓦当中，便有大量的"四灵"形象。

在道教兴起之后，四灵也被冠上了人名，便于人类称呼，青龙叫孟章，白虎叫监兵，朱雀称陵光，玄武为执明。在众多的朝代中也有一些君主取青龙来做自己的年号，如三国的魏明帝就是一例，而《史记》中也有关于夏朝是属于木德的朝代，所以有"青龙生于郊"的祥瑞之兆的记载。

一、东方青龙

青龙为星名,二十八宿中东方七宿(角、亢、氐、房、心、尾、箕)的总称,其状如一条龙,又称"苍龙",表东方。《北极七元紫庭秘诀》载:"左有青龙名孟章,右有白虎名监兵,前有朱雀名陵光,后有玄武名执明,建节持幢,负背钟鼓,在吾前后左右,周匝数千万重。"

古人把二十八星宿中的东方七宿——角、亢、氐、房、心、尾、箕,想象成龙的形象,因位于东方,按阴阳五行给五方配色之说,东方色青,故名"青龙"。

二、西方白虎

白虎是战神,杀伐之神。白虎具有避邪、禳灾、祈丰及惩恶扬善、发财致富、喜结良缘等多种神力。在二十八星宿之中,西方七宿为奎、娄、胃、昴、毕、觜、参,西方在五行中属金,色是白的,所以叫它白虎。

根据方位一般称"左青龙,右白虎",取其护卫之意,而在公堂中也有相同的装饰,在左右堂柱上绘有青龙、白虎,以其镇压邪灵。《史记·天官书》中记载"东宫苍龙……南宫朱鸟……西宫咸池……北宫玄

武。"这里不是白虎,而是咸池。而咸池是主五谷的星,因五谷是在秋天有收成的,所以就把它放在秋季。但它不是动物,如何能和龙、鸟、龟配成四灵呢?《史记正义》中记载:"咸池三星,在五车中,天潢南,鱼鸟之所托也。"所以在宋代已提出疑问:"苍龙、朱鸟、玄武,各总七宿而言之。至于咸池,则别一星,自在二十八宿之外。"咸池还有一个解释,就是太阳洗浴之所。《淮南子·天文训》中记载:"日出于旸谷,浴于咸池,拂于扶桑,是谓晨明。"可见咸池原是羌人视为日出之处,咸池也就是碱水湖,应是岷山地区的某个湖泊,或是青海湖。由此可证明原始人所崇拜的星宫天象尚没有青龙、白虎的观念。《礼记·礼运》中记载:"麟凤龟龙,谓之四灵。"把不属于动物的咸池换成麒麟,后世有四灵有麟、四象有虎的说法。

三、南方朱雀

朱雀又可说是凤凰或玄鸟,它是出自星宿的,是南方七宿的总称。南方七宿为井、鬼、柳、星、张、翼、轸。朱为赤色,像火,南方属火,故名凤凰。在古籍的记载中,凤是一种美丽的鸟,为百鸟之王,它能给人间带来祥瑞,同时也拥有"非梧桐不栖,非竹实不食,非醴泉不饮"的特殊灵性,而由于它是"羽虫"之长,所以和"鳞虫"之长的龙在传说中就渐渐成了一对,一个变化多端,一个德行美好,就成了民俗中相辅相成的一对。由于龙象征着至阳,而原来也有阴阳之分的凤(雄为凤,雌为凰)在跟龙相对之后就渐渐地成为纯阴的代表了。

《诗经·商颂·玄鸟》中说:"天命玄鸟,降而生商,宅殷土芒芒。古帝命武汤,正域彼四方。"就是说自己的先祖——契是由玄鸟生下来的,后建立了强大的商朝。因此，玄鸟就成了商人的始祖了。《史记·殷本纪》中也记载了这段历史："殷契，母曰简狄，有娀氏之女，为帝喾次妃。三人行浴，见玄鸟堕其卵，简狄取吞之，因孕生契。"不论玄鸟或是凤凰，都是随道教的发展，由雀鸟（或孔雀、山鸡等）先变成半人半禽、传人兵法的仙女，再变成完全是人形的仙女。

四、北方玄武

玄武是由龟和蛇组合成的一种灵物。玄武的本意就是玄冥，"武""冥"古音是相通的。武，是黑的意思；"冥"，是阴的意思。玄冥起初是对龟卜的形容：龟背是黑色的，龟卜就是请龟到冥间去询问祖先，将答案带回来，以卜兆的形式显给世人。因此，最早的玄武就是乌龟。之后，玄冥的含义不断扩大。龟生活在江河湖海（包括海龟），因而玄冥成了水神；乌龟长寿，于是玄冥成了长生不老的象征；最初的冥间在北方，殷商的甲骨占卜即"其卜必北向"，所以玄冥又成了北方神。玄武又被后世的道士们升级做北方的大帝——"真武大帝"，有别于其他三灵。其他三灵中的青龙和白虎，只做了山庙的门神，而朱雀则成了九天玄女。

真武大帝的身世，后人多说是在隋炀帝时，玉帝将自己的三魂之一，化身投胎于净乐国皇后，因厌恶尘世，舍位入武当山上修行，成功飞升，镇守北方，号曰玄武。

第二节 龙

龙是中国神话中一种善变化、利万物的神异动物，传说能隐能显，春风时登天，秋风时潜渊。又能兴云致雨，为众鳞虫之长，"四灵"之一，后成为皇权象征，历代帝王都自命为真龙天子，使用器物也以龙为装饰。龙有很多种，常见的有以下几类。

虺是早期的龙，常在水中。"虺五百年化为蛟，蛟千年化为龙。"虺是龙的幼年期，曾出现在西周末期的青铜器装饰上，但不多。

虬是没有生出角的小龙，是成长中的龙。古文献中有记载："有角曰龙，无角曰虬。"另一种观点则说幼龙生出角后才称虬。两种说法虽有出入，但都把成长中的龙称为"虬"。还有人把盘曲的龙称为"虬龙"，唐代诗人杜牧在《题青云馆》中就有"虬蟠千仞剧羊肠"之句。

蟠螭是龙属的蛇状神怪之物，是一种没有角的早期龙，《广雅》集里就有"无角曰螭龙"的记述。一说蟠螭指黄色的无角龙，另一说是指雌性的龙。在《汉书·司马相如传》中就有"赤螭，雌龙也"的注释，故在出土的战国玉佩上有龙螭合体的形状作装饰，意为雌雄交尾。春秋至秦汉之际，青铜器、玉雕、铜镜或建筑上，常用蟠螭的形状作装饰，其形式有单螭、双螭、三螭、五螭乃至群螭多种，或作衔牌状，或作穿环状，或作卷书状。此外，还有博古螭、环身螭等各种变化。

蛟泛指能发洪水的有鳞的龙。相传蛟龙得水即能兴云作雾，腾踔太空，在古文中常用来比喻有才能的人获得施展的机会。在文献中说法不一，有的说"龙无角曰蛟"，有的说"有鳞曰蛟龙"。而《墨客挥犀》卷三则说得更为具体："蛟之状如蛇，其首如虎，长者至数丈，多居于溪潭石穴下，声如牛鸣。倘蛟看见岸边或溪谷之行人，即以口中之腥涎绕之，使人坠水，即于腋下吮其血，直至血尽方止。岸人和舟人常遭其患。"南朝宋刘义庆《世说新语》中有周处入水三天三夜斩蛟而回的故事，此处的蛟可能是鳄鱼。

角龙指有角的龙。据《述异记》记述："蛟千年化为龙，龙五百年为角龙。"角龙便是龙中之老者了。

应龙指有翼的龙。据《述异记》中记述："龙五百年为角龙，千年为应龙。"应龙称得上是龙中之精了，故长出了翼。相传应龙是上古时期黄帝的神龙，它曾奉黄帝之令讨伐过蚩尤，并杀了蚩尤而成为功臣。在禹治洪水时，神龙曾以尾划地，疏导洪水而立功，此神龙又名为"黄龙"，黄龙即应龙，因此，应龙又是禹的功臣。应龙的特征是生双翅，鳞身脊棘，头大而长，吻尖，鼻、目、耳皆小，眼眶大，眉弓高，牙齿利，前额突起，颈细腹大，尾尖长，四肢强壮，宛如一只生翅的扬子鳄。在战国的玉雕，汉代的石刻、帛画和漆器上，常出现应龙的形象。

火龙是以火慑势的龙。全身有紫火缠绕，凡有火龙经过之处，则一切物体被烧焦。

蟠龙指蛰伏在地而未升天之龙，龙的形状作盘曲环绕。在我国古代建筑中，一般把盘绕在柱上的龙和装饰在梁上、天花板上的龙均习惯地称为蟠龙。在《太平御览》中，对蟠龙又有另一番解释："蟠龙，身长四丈，青黑色，赤带如锦文，常随水而下，入于海。有毒，伤人即死。"把蟠龙和蛟、蛇之类混在一起了。

青龙为四灵或四神之一，又称为苍龙。

鱼化龙是一种龙头鱼身的龙，亦是一种"龙鱼互变"的形式，这种形式我国古代早已有之。《说苑》中就有"昔日白龙下清冷之渊化为鱼"的记载，《长安谣》说的"东海大鱼化为龙"和民间流传的鲤鱼跳龙门传说，均讲述了龙鱼互变的关系。这种造型早在商代晚期便在玉雕中出现，并在历代得到发展。

四时之龙主要指春天的夔龙，夏天的应龙、秋天的烛龙、冬天的相柳。

夔龙即伏羲，又为雷神，是单足神怪动物，是龙的萌芽期。《山海经·大荒东经》中描写夔是："状如牛，苍身而无角，一足，出入水则必有风雨，其光如日月，其声如雷，其名曰'夔'。"但更多的古籍中则说夔是蛇状怪物。"夔，神魖也，如龙，一足。"在商晚期和西周时期青铜器的装饰上，夔龙纹是主要纹饰之一，形象多为张口、卷尾的长条形，外形与青铜器饰面的结构线相适合，以直线为主，弧线为辅，具有古拙的美感。

应龙是古代传说中一种有翼的龙。相传禹治洪水时，有应龙以尾划地成江河，使水入海。应龙还指古代传说中善兴云作雨的神。相传黄帝与蚩尤决战之时，应龙召唤大雾，黄帝利用指南车在雾中大胜蚩尤。

烛龙又名"烛阴"，其形象颇怪异，人面龙身，口中衔烛，在西北无日之处照明于幽阴。烛龙闭上眼，就是黑夜，天地就淹没于黑暗之中；睁开眼，就是白昼，世界重放光明。烛龙不吃饭，不睡觉，平时也轻易不呼吸，因为它一呼气，就是炎热的夏天；一吸气，就变成了寒冷的冬天，还能呼风唤雨。烛龙所居住的西北方的钟山，是众鸟褪换羽毛的地方，所以那个地方又叫"委羽之山"。那里是大地的边缘，终年日光照耀不到，因此既阴暗又寒冷，幸亏有烛龙口衔火精为之照明。

相柳，又叫"相繇"，据说是共工之臣。相柳人首蛇身，长着九个脑袋。此龙相貌丑怪，性情亦凶悍，它所经过和盘踞的地方，立刻就成为腥臭潮湿的沼泽，无论种什么庄稼都不会生长。相柳最后被禹所杀，因为其巢穴不能种植五谷，只好将其地垫高，筑成祭祀众位天帝的神坛。

第三节 凤凰

凤凰亦称为"朱鸟""丹鸟""火鸟""鹍鸡"等。在西方神话里称为"火鸟""不死鸟",形象一般为尾巴比较长的火烈鸟,并周身是火。估计是人们对火烈鸟加以神话加工、演化而来的。其在中文中被译作"凤凰",并与中国原有的凤凰传说融合。神话中说,凤凰每次死后,会周身燃起大火,然后在烈火中获得重生,并获得较以前更强大的生命力,称之为"凤凰涅槃"。如此周而复始,凤凰获得了永生,故有"不死鸟"的名称。凤凰和麒麟一样,是雌雄统称,雄为凤,雌为凰,其总称为凤凰。凤凰齐飞,是吉祥和谐的象征。自古以来,凤凰就是中华民族文化中的重要组成部分。

据《尔雅·释鸟》郭璞注,凤凰的特征是:鸡头,燕颔,蛇颈,龟背,鱼尾,五彩色,高六尺许。出于东方君子之国,翱翔四海之外,过昆仑,饮砥柱,濯羽弱水,莫宿风穴,见则天下安宁。《山海经·图赞》中说有五种字纹:首文曰德,翼文曰顺,背文曰义,腹文曰信,膺文曰仁。

据现存文献推断:凤鸣如箫笙,音如钟鼓。凤凰雄鸣曰唧唧,雌鸣曰足足,雌雄和鸣曰锵锵。凤凰的起源约在新石器时代,原始社会彩陶上的很多鸟纹是凤凰的雏形。距今约6700年的浙江余姚河姆渡文化出土的象牙骨器上，就有双鸟纹的雕刻形象，这双鸟纹应是古代凤凰的最早记载。

关于凤凰有很多典故，主要有以下几种。

1. 梧桐栖凤

梧桐为树中之王，相传是灵树，能知时知令。《闻见录》中记载："梧桐百鸟不敢栖，止避凤凰也。"作为百鸟之王的凤凰身怀宇宙，非梧桐不栖。《魏书·王勰传》："凤凰非梧桐不栖。"凤凰择木而栖，后比喻贤才择主而事。

2. 得凤之象

传说中凤凰死后还会再生，能知天下、治乱世，是我国历史上王道仁政的最好体现，是乱世兴衰的晴雨表，从而成为神学政治的"形象大使"。古人曾分出五个等级，以凤凰的五种行止标志政治上的清明程度，于是历代帝王都把"凤鸣朝阳""百鸟朝凤"当成盛世太平的象征。南齐谢朓《永明乐十首》中记载："彩凤鸣朝阳，玄鹤舞清商。瑞此永明曲，千载为金皇。"

3. 凤求凰

西汉辞赋家司马相如贫困之时，到四川临邛寻访好友县令王吉，时有当地首富卓王孙之女卓文君新寡，司马相如在卓王孙宴会上当众弹奏琴曲《凤求凰》，以此挑逗卓文君。卓文君在宴会厅窗外偷窥，见司马相如容貌英俊，才华横溢，当夜随其私奔。后比喻男女相爱，男子追求女子，也象征对美满幸福的姻缘的向往和歌颂。

4. 凤鸣锵锵

春秋战国时期，陈国大夫懿氏占卜把女儿嫁给陈历公之子陈敬仲，他的妻子占卦，曰："吉，是谓'凤凰于飞，和鸣锵锵……五世其昌，并于正卿。八世之后，莫之与京'。"（见《左传·庄公二十二年》）和鸣，即雄雌声音相和，响亮和谐，在此言夫妻必能和睦，后世强大无比。

5. 百鸟朝凤

黄帝即位，自觉天下太平，想亲眼看看传说中的凤凰。为此，他请教天老。天老回答说：凤凰显形，乃是祥瑞的预兆，只有在太平盛世才会出现。见到它一掠而过已是很不容易,如果能看到它在百鸟群里飞舞那就是千载难逢的祥瑞了。黄帝听后很不高兴,他说,我即位以来,天下太平,为什么连凤凰的影子都没有看见?天老说,东有蚩尤,西有少昊,南有炎帝,北有颛顼,四方强敌虎视眈眈,何来太平?黄帝听罢便率兵讨伐,天下一统。于是,他看见一只带有五彩翎毛的大鸟在天空翱翔,而数不清的奇珍异鸟围着它翩翩起舞。黄帝知道,这只大鸟就是凤凰,也是他想看到的瑞象——百鸟朝凤。

6. 凤鸣岐山

《国语·周语》中有周朝兴起之时,有凤凰一类的鸟在陕西岐山上鸣叫的记载。《诗经·大雅·卷阿》也有句曰:"凤凰于飞,其羽亦傅于天。……凤凰鸣矣,于彼高岗。"也是讲凤鸣岐山之事,因此西周之时将凤鸟视为神奇的吉祥生物,器物之上颇多凤鸟纹。

7. 凤毛麟角

凤毛麟角常用来比喻难得的杰出人才或其他稀世珍宝。南朝宋刘义庆的《世说新语·容止》中记载,东晋将军桓温也以"凤毛"一语称赞丞相王导的第五子王敬伦:"敬伦风姿似父。桓公望之曰:'大奴固有凤毛。'"麟,麒麟,传说中的神兽。麟角,和凤毛一样,少而珍贵。《北史·文苑传序》:"学者如牛毛,成者如麟角。"

8. 凤凰来仪

凤凰飞来起舞,仪态优美。古代用以比喻吉祥的征兆和祥瑞的感应。《汉书·王莽传》中记载:"甘露从天下,醴泉自地出。凤凰来仪,神爵降集。"《尚书·益稷》中记载:"《箫韶》九成,凤凰来仪。"《三国演义》第八十回:"自魏王即位以来,麒麟降生,凤凰来仪。"

9. 吹箫引凤

春秋时代,秦穆公费尽心思为女儿弄玉物色足以匹配的如意郎君。某日,弄玉梦见一少年骑凤吹箫,秦穆公乃派人寻找吹箫少年,知吹箫少年名叫萧史。秦穆公非常欣赏萧史的才华,便把弄玉许配给他。萧史和弄玉婚后幸福美满,因萧史是天上神仙,不能长留人间,于是萧史乘龙,弄玉跨凤,双双飞上天去。

第四节 四时之神

最著名的四时之神是春天之神东方句芒、夏天之神南方祝融、秋天之神西方蓐收、冬天之神北方玄冥。《山海经》描述了这四位兄弟神的形象：句芒是鸟身人面，祝融是兽身人面，蓐收的左耳戴着一条蛇，玄冥（禺强）是人面鸟身，两边的耳朵上各戴着一条青蛇，形象颇为怪异。而且四神的坐骑也非同一般，句芒、祝融和蓐收都是乘两龙遨游，而玄冥却是脚踩两蛇。其实，蛇也是龙，只是级别不同而已。

一、句芒

句芒（或名句龙）是少昊的后代，名重，为伏羲臣。死后成为木神（春神），主管树木的发芽生长。太阳每天早上从扶桑树上升起，神树扶桑归句芒管，太阳升起的那片地方也归句芒管。他的本来

面目是鸟——鸟身人面,乘两龙,后来竟一点影响也没有了。不过我们可以在祭祀仪式和年画中见到他:他变成了春天骑牛的牧童,头有双髻,手执柳鞭,亦称"芒童"。

句芒手里拿了一个圆规,与东方天帝伏羲共同管理着春天。这句芒,是人的脸,鸟的身子,脸是方墩墩的,穿一件白颜色衣裳,驾了两条龙。据说,他就是西方天帝的儿子,名叫"重"。人们叫他"句芒",意思就是说,春天草木生长,是弯弯曲曲、角角叉叉的,"句芒"两个字就做了春天和生命的象征。

据说,春秋时候,秦穆公是个贤王,能够任用贤臣,曾经拿了五张羊皮把百里奚从楚国人手里赎回来,委托他担当了国家的重任;又能厚爱百姓,曾经赦免了300个把他的好马杀来吃的岐下野人,后来这班人感念他的恩德,帮助他打败了晋国的军队,俘虏了晋国的国君夷吾。天地因为他有这些好德行,便叫木神兼春神的句芒给他添加了19年的寿命。

由于民族、地域、神系的不同,在中国古代神话中,春神不独句芒一位,还有简狄。不过,简狄属于殷人神话中的角色。与句芒不同的是,她是一位女神。神话学家丁山认为:"简狄即爱神,亦即春神。春风时至,草木皆苏,春神有促进生殖的能力,也就被大众视为生殖大神了。简狄神格,颇似埃及古代的埃西。"

二、祝融

祝融是传说中的古帝,以火施化,号"赤帝",后人尊为火神。祝融又作"朱明",表示夏天白昼盛长、阳光炎炽的特点,兽身人面,坐骑为两条龙,住在昆仑山的光明宫,是他传下火种,教人类使用火的方法。另一说祝融原叫"重黎",在担任火正官时,黄帝赐他姓"祝

融氏"。

传说黄帝时期，黄帝南巡，分不清方向，于是请"祝融辨乎南方"，也就是说，衡阳的南岳，最先是由祝融辨出来的，他因此担任了司徒的职务。后来祝融被封楚地，成为楚国人的始祖。祝融的后裔分为八姓，即己、董、彭、秃、妘、曹、斟、芈，史书称为"祝融八姓"。古人认为，南方属火，火又是光明的象征，火之本在水，故祝融合水火为一神，且符合周文王八卦中离属火，方位在南方的卦象。祝融死后，葬在南岳衡山之阳，后人为了纪念他，就把南岳最高峰称为祝融峰。

三、蓐收

秋神蓐收是白帝少昊的辅佐神，左耳有蛇，乘两条龙。少昊与蓐收，既是父子又是君臣，故两座牌坊同时在西岳庙出现。《山海经》说，蓐收住在泑山。这山南面多美玉，北面多雄黄。在山上可以望见太阳落下的地方，管太阳下去的神叫"红光"，也就是蓐收。

关于蓐收还有一个假道伐虢的故事，传说虢国君主在某天梦见自己在宗庙之中，看见有个神人（当然就是蓐收了）长着人的脸孔，浑身白色的毛发，老虎的爪子，手执大板斧，站立在西墙下。虢国君主感到害怕而逃走，神人说："不要跑，我奉天帝命令，要让晋国的军队开进虢国的都城。"虢国君主于是就拜揖蓐收。醒了之后，他找来史嚚对梦进行占卜。史嚚说："如果真的像国君所说的，那么那个神人就是蓐收了。蓐收是掌管刑罚的神明。"但是虢国君主不但不听，还把史嚚囚禁了起来，并且让国人祝贺他做的这个梦。后来晋献公借了虞国的道路，出兵进攻虢国，虢国也因此而灭亡。

四、玄冥（禺强）

玄冥（禺强）是传说中的海神、风神和瘟神，也作"禺疆""禺京"，据传为黄帝之孙。玄冥，表示冬天光照不足、天气晦暗的特点。在神话体系中，玄冥（禺强）被认为是人面鸟身，两边的耳朵上各悬一条青蛇，脚踏两条青蛇（亦有说法其坐骑为一条双头龙），形象颇为怪异。据说，玄冥的风能够传播瘟疫，如果遇上它刮起的西北风，将会受伤，所以西北风也被古人称为"厉风"。

《山海经》中还提到了四海之神，他们是东海之神禺虢、南海之神不廷胡余、西海之神弇兹、北海之神禺强，其中北海之神禺强也代替玄冥出现于四时之神中。这四神的形象跟句芒等四神的形象也大同小异，大都是人面鸟身，耳朵上戴着蛇，脚下踩着蛇，可见这四神其实就是句芒等四神的变体，也是四时之神。汉代纬书《龙鱼河图》中又出现另一套四海之王，而且各自还配了夫人，即：东海君冯修青，夫人朱隐娥；南海君视赤，夫人翳逸寥；西海君勾丘百，夫人灵素简；北海君视禺帐，夫人结连翘。

《山海经》中还有四方风神，即东风之神折，南风之神因，西方之神石夷，北风之神鹓。这四位风神分居东、南、西、北四方，负责控制春、夏、秋、冬之风的出入。这四方风神的名字早在商代甲骨文中就有了记载，另外还见于《尚书·尧典》，都与四时联系起来，说明四方风神也就是四时之神，用四方风表示四时，反映了上古时期根据风向变化确定时节的习俗。

第九章 中国神话面面观 / 195

参考文献

［1］张进步，王新禧等.妖非妖——神话中另类人物的前世今生［M］.西安：陕西人民出版社，2007.

［2］刘媛等.中国神话与民间传说大全集［M］.北京：中国华侨出版社，2011.

［3］袁珂.中国神话史［M］.重庆：重庆出版社，2007.

［4］徐克.图解山海经［M］.海口：南海出版公司，2010.

［5］黄震云，孙娟.汉代神话史［M］.长春：长春出版社，2010.

［6］马昌仪.古本山海经图说［M］.济南：山东画报出版社，2002.

图片授权
中华图片库
北京全景视觉网络科技股份有限公司
林静文化摄影部